袁中郎隨筆

【明】袁宏道 著
段雪萌 注

故宫出版社

目録

遊記

尺牘

敍

傳

去吳七牘（選二）

雜著

遊記

虎丘

虎丘山名。在今江蘇省蘇州市西北，亦名海湧山。山高約三十六米，古樹參天，山小景多，有虎丘塔、雲巖寺、劍池、千人石等古跡，有『吴中第一名勝』的美譽。相傳春秋時吴王夫差葬其父闔閭于此，葬後三日有白虎踞其上，故名。去城可七八里，其山無高巖邃壑，獨以近城故，簫鼓樓船，樓船：本來指古代的一種大型戰船，船上有重樓，故名。此處指上有重樓的遊船。無日無之。凡月之夜、花之晨、雪之夕，遊人往來，紛錯如織。而中秋爲尤勝。每至是日，傾城闔户，連臂而至。衣冠士女，下迨蔀屋，蔀屋：草席蓋頂之屋，泛指貧寒人家。莫不靚妝麗服，重茵累席，茵：本義爲乾草製成的車墊，此處泛指墊子。席，坐墊或卧墊。此句狀衆多遊人將坐墊鋪在地上之貌。置酒交衢間。從千人石上至山門，千人石：景點名，在虎丘劍池旁。山門：二山門。爲元代建築，其結構尚有宋代建築特色。脊桁爲兩段圓木相接而成，故俗稱『斷梁殿』。櫛比如鱗。檀板丘積，樽罍雲瀉，遠而望之，如雁落平沙，霞鋪江上，雷輥電霍，雷輥（gǔn），雷鳴。電霍，閃電。此處形容遊人嘈雜如雷鳴。無得而狀。

布席之初，唱者千百，聲若聚蚊，聚蚊：聚蚊成雷。許多蚊子聚到一起，聲音會像雷聲那樣大。不可辨識。分曹部署，分曹：分對。猶兩兩成對。競以歌喉相鬥，雅俗既陳，妍媸自別。未幾而摇頭頓足者，得數十人而已。已而明月浮空，石光如練，一切瓦釜，瓦釜：砂鍋，形容難聽的音樂。寂然停聲，屬而和者，纔三四輩。一簫，一寸管，一人緩板而歌，竹肉相發，竹：管樂。肉：歌喉。竹肉相發即絲竹之聲和人的歌聲互相映襯。後以『竹肉』泛指器樂與歌唱。清聲亮徹，聽者魂銷。比至夜深，月影横斜，荇藻荇藻：指樹木的影子。語出蘇軾《記承天寺夜遊》：『庭下如積水空明，水中藻荇交横，蓋竹柏影也。』淩亂，則簫板亦不復用。一夫登場，四座屏息，音若細髪，髪同『髮』。響徹雲際，每度一字，度，度聲，按曲譜唱歌。幾盡一刻，飛鳥爲之徘徊，壯士聽而下淚矣。

劍泉劍泉，即劍池，景點名，在虎丘山上。相傳爲吴王闔閭藏劍處。深不可測，飛巖如削。千頃雲千頃雲，景點名，原爲虎丘上一亭，亭中望去煙雲無際。曾毁，一九八九年復建。得天池諸山天池諸山，在蘇州城西，因半山有一天池而得名。作案，巒壑競秀，最可觴客。但過午則日光射人，不堪久坐耳。文昌閣亦佳，晚樹尤可觀。面北爲平遠堂文昌閣、平遠堂均爲虎丘舊存景點。舊址，空曠無際，僅虞山虞山，在蘇州常熟市，因吴國第二代君主虞仲（仲雍，古公亶父次子，歷來被奉爲吴地和常熟的始祖）葬于此山東麓而得名。一點在望。堂廢已久，余與江進之江進之，時任長洲縣令。他是袁宏道的好友。謀所以復之，欲祠韋蘇州、白樂天諸公於其中，而病尋作；余既乞歸，恐進之興亦闌矣。山川興廢，信有時哉！吏吴兩載，登虎丘者六。最後與江進之、方子公方子公，方文僎，自萬曆二十二年（一五九四）至三十五年（一六〇七）一直爲袁宏道料理筆墨。平時袁宏道出遊他亦陪同。同登，遲月生公石遲，等。生公石：即千人石。上，歌者聞令來，皆避匿去。余因謂進之曰：『甚矣，烏紗之横，皂隸之俗哉！他日去官，有不聽曲此石上者，如月。如月：對月起誓。』今余幸得解官，稱『吴客』矣，虎丘之月，不知尚識識，通『志』。記得。余言否耶？

上方

去胥門胥門，在蘇州城西萬年橋南，爲春秋時代古城門之一。傳伍子胥故宅在此，故名。十里，而得石湖。石湖，在蘇州城西南，蘇州著名風景區之一，是太湖的一個内灣。傳春秋時越國挖溪攻打吴國，横截山腳鑿石開渠以通蘇州，故名石湖。吴亡後，越國大夫范蠡攜西施從此入太湖泛舟而去。上方上方，即上方山，一名楞伽山。在蘇州石湖景區。踞湖上，其觀大於虎丘，豈非以太湖故耶？至於峰巒攢簇，層波疊翠，則虎丘亦自佳。徙倚孤亭，令人轉憶千頃雲耳。大約上方比諸山爲高，而虎丘獨卑。高者四顧皆伏，無復波瀾；卑者遠翠稠疊，爲屏爲障，千山萬壑，與平原曠野相發揮，所以入目尤易。夫兩山去城皆近，而遊人趨捨若此，豈非標孤者難信，入俗者易諧哉？余嘗謂上方山勝，虎丘以他山勝。虎丘如冶女豔妝，掩映簾箔；簾箔，竹（葦）簾子。上方如披褐披褐，身穿短褐。褐爲古代一種粗布外衣，多爲窮苦人所穿。道士，豐神特秀。兩者孰優劣哉？亦各從所好也矣。

乙未秋杪，乙未，萬曆二十三年（一五九五）。曾與小修、小修，袁宏道的弟弟袁中道，字小修，一字少修，湖北公安人。明代文學家，『公安派』領袖之一。江進之登峰看月，藏鉤肆謔，藏鉤，亦作『藏彄』。古代的一種遊戲。參與者分爲兩隊，輪流將一隻小鉤（或其他小物件）在手中傳遞，由對方猜在哪個人的哪隻手中，猜中爲勝。令小青奴罰盞，至夜半霜露沾衣，酒力不能勝，始歸。歸而東方白矣。

天池

天池，即《虎丘》中提到的『天池諸山』，在蘇州西南十五公里，是浙江天目山餘脈。

從賀九嶺（賀九嶺，在蘇州城西。傳吳王伐齊途經此地，正值九九重陽，故名。）而進，別是一洞天。峭壁削成，車不得方軌，飛樓跨之，輿騎從樓下度。逾嶺而西，平疇廣野，與青巒紫邏相映發。時方春仲，晚梅未盡謝，花片沾衣，香霧霏霏，彌漫十餘里，一望皓白，若殘雪在枝。奇石豔卉，間一點綴，青篁翠柏，參差而出，種種奪目，無暇記憶。歸來思之，十不得一，獨夢境恍惚，餘芬猶在枕席間耳。土人以茶爲業，隙地皆種茶。室廬不甚大，行旅亦少，雞犬隱隱，若在雲中。因誦蘇子瞻『空山無人，水流花開（語出蘇軾《十八大阿羅漢頌》。）』之偈，宛然如畫。四顧參曹，無一人可語者。余因下輿，令兩小奚（小奚，年幼的奴僕。奚奴原特指女奴，後泛指奴僕。）掖而行，問若佳否？皆云：『疲甚，那得佳。』行數里始至山足，道旁青松若老龍鱗，長林參天，蒼巖蔽日，幽異不可名狀。纔至山腰，屏山獻青，畫巒滴翠，兩年塵土面目，爲之洗盡，低回片晷，宛爾秦餘，馬首紅塵，恍若隔世事矣。

天池在山半，方可數十餘丈，其泉玉色，橫浸山腹。山巔有石如蓮花瓣，翠蕊搖空，鮮芳可愛。余時以勘地而往，無暇得造峰頂，至今爲恨。寂照庵在池旁，內有石室三間，柱瓦皆石，刻鏤甚精。室後石殿一，殿甚宏敞，內外柱皆石，圍三尺許，禪堂僧舍，周繞其側，亦勝地也。時寺僧方有構，庵內行腳掛搭者多，余意欲諷其去，因大書簡板（簡板，即水牌。漆成白色或黑色，可以寫字的木板或鐵板。明郎瑛《七修類稿・辯證八・簡板水牌》：『俗以長形薄板塗布油粉，謂之簡板，以其易去錯字而省紙，官府用之，名曰水牌。』）曰：『種阿僧祇善根，親非親，怨非怨，陽焰空華，諸法皆如幻。遍閻浮提佛土，去自去，來自來，閑雲野鶴，何天不可飛？』自是諸僧稍稍散矣。

靈巖

靈巖一名硯石，靈巖，即靈巖山，在蘇州城西南。因靈巖塔前有『靈芝石』，故名。又因山石顏色深紫，可以製硯，又名硯石。《越絶書》云：『吴人於硯石山作館娃宫。』館娃宫，在蘇州靈巖山上，傳爲春秋時期吴王夫差爲寵倖西施而興建。即其處也。山腰有吴王井二：一圓井，曰池也；一八角井，月池也。周遭石光如鏡，細膩無駁蝕，有泉常清，瑩晶可愛，所謂銀床素綆，銀床素綆，語出《樂府詩集·舞曲歌辭三·淮南王篇》：『後園鑿井銀作床，金瓶素綆汲寒漿。』已不知化爲何物。其間挈軍持瓶缽而至者，僅僅一二山僧，出没於衰草寒煙之中而已矣。悲哉！有池曰硯池，旱歲不竭。或曰即玩華池玩華池，一作『玩花池』。在靈巖山頂吴王井旁邊。據傳吴王夫差爲討好西施，在靈巖山頂上開鑿池塘，内植荷花。還特製小船，讓西施在池中『泛舟採蓮』。後人每以『山頂行舟』與隋煬帝『陸地行船』相提并論。也。

登琴臺，琴臺，在靈巖山頂，傳爲西施操琴處。見太湖諸山，如百千螺髻，出没銀濤中，亦區内絶景。山上舊有響屧廊，響屧廊，在靈巖山上。傳爲吴王所建，令西施穿木屐行廊中，輒生妙響。盈谷皆松，而廊下松最盛，每衝飈至，聲若飛濤。余笑謂僧曰：『此美人環佩釵釧聲，若受具戒具戒，具足戒。佛教名詞。出家者祇有受過此戒纔能成爲比丘、比丘尼。乎？宜避去。』僧瞪目不知所謂。石上有西施履跡，余命小奚以袖拂之，奚皆徘徊色動。碧繶緗鉤，碧繶緗鉤，緑色絲帶與淺黄色的鞋襪。此指石上凹痕如鞋狀。宛然石髮石髮，生於水邊石上的苔藻。中，雖復銕銕，古同『鐵』。石作肝，能不魂銷心死？色之於人甚矣哉！山仄有西施洞，洞中石貌甚粗醜，不免唐突。或云：石室吴王所以因范蠡也。僧爲余言，其下窪處，爲東西畫船湖，吴王與西施泛舟之所。採香徑在山前十里，望之若在山足，其直如箭，吴宫美人種香處也。山下有石可爲硯，其色深紫，佳者殆不減歙溪。米氏《硯史》米氏，米芾（一〇五一—一一〇七），字元章，號襄陽漫士、海岳外史、鹿門居士。《硯史》是他撰寫的一部關於硯石材質的著作，記硯二十六種。云：『嶁村石理粗，發墨不糝。』即此石也。山之得名蓋以此，然在今搜伐殆盡，石亦無復佳者矣。

嗟乎，山河綿邈，粉黛若新。椒華沉彩，竟虚待月之簾；誇骨埋香，誰作雙鸞之霧？『椒華』二句，用典頗多。椒華、待月，典出舊題晉王嘉《拾遺記》三：『越謀滅吴，蓄天下奇寶、美人、異味進于吴。殺三牲以祈天地，殺龍蛇以祠川岳。矯以江南億萬户民，輸吴爲傭保。越又有美女二人，一名夷光，二名修明（即西施、鄭旦之别名），以貢于吴。吴處以椒華之房，貫細珠爲簾幌，朝下以蔽景，夕捲以待月。二人當軒并坐，理鏡靚妝於珠幌之内。竊窺者莫不動心驚魄，謂之神人。』此处意謂後宫美女不得外出，終老宫中。誇骨，美骨。即美女。雙鸞，漢劉向《列仙傳》記載秦穆公女弄玉與其夫蕭史乘鸞鳳飛升而去。後因以『雙鸞』比喻美滿的夫妻。既已化爲灰塵，白楊青草矣。百世之後，幽人逸士猶傷心寂寞之香趺，斷腸虚無之畫屧，矧夫看花長洲之苑，長洲之苑，即長洲苑，古苑名。故址在江蘇蘇州市西南。擁翠白玉之床者，其情景當何如哉？夫齊國有不嫁之姊妹，齊國有不嫁之姊妹，指春秋時期齊襄公與姑姊妹私通之事。《漢書·地理志下》：『始桓公兄襄公淫亂，姑姊妹不嫁。』仲父仲父，對管仲的尊稱。云無害霸；蜀宫無傾國之美人，劉禪竟爲俘虜。亡國之罪，豈獨在色？向使庫有湛盧湛盧，名匠歐冶子在湛盧山上所鑄成的寶劍，爲五大蓋世名劍之首。傳説吴王闔閭曾獲此劍，但因治國無道，湛盧失蹤，後爲楚昭王所得。之藏，潮無鴟夷鴟夷，革囊。指吴王殺伍子胥以革囊盛其屍體浮於江事。之恨，越雖進百西施何益哉！

光福

光福一名鄧尉，光福山，即鄧尉山，在蘇州西南三十公里，因東漢時期鄧尉隱居於此而得名。是我國四大賞梅勝地之一。與玄墓、銅坑諸山玄墓山，在蘇州市光福鎮南。東晉時期有青州刺史名郁泰玄晚年隱居於此。傳其下葬之時，有數千燕子（玄鳥）銜土堆其墓，故名。銅坑山，在蘇州市吴縣西南，一名銅井山，左思《吴都賦》所謂採山鑄錢者即此山。相連屬。山中梅最盛，花時香雪香雪，此指梅花。鄧尉山多梅，花時香氣四溢，勢若雪海。清康熙時江蘇巡撫宋犖題『香雪海』三字摩崖，遂爲鄧尉别名。三十里。其下爲虎山橋，兩峽一溪，畫巒四匝。有湖在其中，名西崦湖，西崦湖，在蘇州市光福鎮西，與太湖通。又名小西湖。闊十餘里。亂流亂流，横渡江河。而渡，至青芝山青芝山，在今蘇州市吴中區。足，林壑尤美。山前長堤一帶，幾與湖埒，堤上桃柳相間，每三月時，紅緑燦爛，如萬丈錦。落花染成湖水作胭脂浪，畫船簫鼓，往來湖上。堤中妖童麗人，歌板相屬，不減虎林、虎林，蘇州景點名。西湖。

寺僧爲余言，董氏創此堤，費不下百萬錢。時年饑甚，民無所得粟，董氏令載土一舟者，得米數斗，旬日之内，土至如山，遂成大堤。山間蒼松萬餘，樓閣臺榭，宛然圖畫，柏屏蘿幄，在在有之。碧欄紅亭，與白波翠巘相映發，山水園池之勝，可謂兼之矣。嗟夫，此山若得林和靖、林和靖（九六七—一〇二八），即林逋，字君復，浙江人。終身不仕，常年隱居西湖，以梅爲妻，以鶴爲子。世號和靖先生。倪雲林倪雲林（一三〇一—一三七四），即倪瓚，初名珽，字泰宇，後字元鎮，號雲林居士、雲林子，或雲林散人。畫家、詩人。與黄公望、王蒙、吴鎮爲元季四家。一二輩妝點其中，豈不人與山俱勝哉！奈何層巒疊嶂，不以宅人而以宅鬼，悲夫！

陽山

陽山陽山，爲吴地主山，别名秦餘杭山、萬安山、四飛山等。因山勢南北走向，山東爲朝陽，山西爲夕陽，故名。高出諸山，長亘數十里，分隸兩縣。山下爲白龍祠。父老言東晉時，有白衣翁投宿民家，一夕而去。民家女遂有孕，後産一白龍，頭角宛然，冉冉而升，女遂驚絶。至今山下有龍母塚，土人祠之。祠前有柏一株，大可二十圍，數年前猶見白龍掛枝上，如一疋練，徘徊顧望，若省覲者。每旱禱雨輒應，以靈異故，載在祀典。

今年六月，旱魃旱魃，傳説中引起旱災的怪物。《神異經》：『南方有人，長二三尺，袒身，而目在頂上，走行如風，名曰魃，所見之國大旱，赤地千里，一名旱母。』爲災，余與江進之隨太府太府，官職名。明代已不存，但明清兩代常以太府稱巡撫。乞靈祠下。初時白日鑠地，萬里無纖雲，因與進之同登山巔。纔抵箭闕，箭闕，即陽山主峰箭闕峰，海拔三三八米，是蘇州第二高峰。四山雲霧如磐，咫尺不辨，呼吸之間，傾盆倒峽，平疇皆滿，相顧駭愕而去。然則龍亦神物也哉！

横山

横山去城十里而遥。《十道志》《十道志》，全稱《十道四蕃志》，唐代武周時梁載言撰，共計十六卷，爲唐代全國地理總志。該書早已亡佚，存世者僅有清人輯佚之作。云：『山四面皆横，因而得名。』一名踞湖，以其背臨太湖，勢若箕踞也。余以勘災過山下，草草登臨，未及領略。嗟夫，往日緑疇，今爲白浪，方與父老咨嗟，何暇葛巾緩帶，葛巾緩帶，去官服著便服。指棄官。作人間風雅事乎？即此一節，俗吏之苦甚矣。

山周回甚廣，環以佛刹，如薦福、楞伽、治平、寶華之類皆在，亦勝概也。吴越時此山最爲要地。隋文帝曾移郡邑隋文帝（五四一—六〇四），即隋文帝楊堅，隋朝開國皇帝，曾統一分裂的中國，定都長安。移郡邑，遷移州治。五九一年，蘇州城因戰亂受損，將州治遷徙至此地。於此，今治平寺有越公井，治平寺，在上方山中。越公井，在治平寺大殿南，爲隋文帝大將楊素所鑿，出水後可供萬人飲用。因楊素受封越國公，故名。或曰吴朝大井，或曰井在吴王郊臺下，乃吴王開而素浚之，皆不可考矣。

穹窿

穹窿（穹窿，即穹窿山，在蘇州城西，爲蘇州第一名山。主峰箬帽峰，海拔三四一米，是蘇州最高峰。）高深，甲於他山，比陽山尤高，古赤松子（赤松子，一名赤誦子、赤松子輿。相傳爲上古時神仙。）採赤石脂（赤石脂，一種中藥材，砂石中矽酸類的含鐵陶土，多呈粉紅色。性温，味甘澀，功能止血、止瀉。也是煉丹的原料。）處也。山下田多荒蕪，内高外卑，不能貯升斗水，五日不雨，則其田如龜腹，用是土著之民逃移者半。余既勘得其實，乃爲減其正額，每年課税徵十之五，漕兑（漕兑，即兑運。明代漕運方式之一。由官軍代運漕糧，百姓付予相應的路費和耗米，是正額税糧之外的負擔。）不及焉，民稍稍有起色矣。

山間有磐石，父老相傳爲朱買臣（朱買臣，字翁子，漢武帝時人。家貧好學，後爲會稽太守。）讀書臺。東西兩嶺相趨，名曰銅嶺。《盧志》（《盧志》，即洪武年間盧熊撰修的《蘇州府志》，共五十卷。）云：『此山特高峻，郡之鎮也。』以余論之，山雖高峻，然石近於質，貌近於頑，不及支硎、天平（支硎，即支硎山。在蘇州市西，又名報恩山、南峰山。硎，平整的石頭。晉高僧支遁隱居於此，見山有平石，因以支硎爲號，故名。天平，即天平山，在蘇州市西南，古稱白雲山，又名賜山，向以『紅楓、奇石、清泉』三絶著稱。）諸山遠矣。

岝㟧

岝㟧岝㟧，即莋碓山。㟧，通『崿』。形如獅子，一名獅山。俗説此山在太湖中，禹治水時，令童男女引出，欲以填水，至鶴邑鶴邑，即鶴市。據漢趙曄《吴越春秋·闔閭内傳》載：吴王闔閭有女，因怒王而自殺。王痛之，厚葬於閶門外。下葬之日，王令舞白鶴於吴市中，令萬民隨而觀之，還使男女與白鶴俱入羨門，因發機以掩之，殺生以送死。後以『鶴市』别稱姑蘇（今江蘇蘇州）。不復進，因名鶴阜。今西南有兩小山，石如卷岝卷岝，應爲『卷笮』。卷曲的竹索。笮，竹索。現吴縣西南鶴阜兩座小山上面有石如卷笮，傳説即禹所用的牽山。禹所用牽山也。其説頗不經。余登華山，曾一過其處。巉巖怪石，摩牙怒爪，森森欲攫人，爲之屏息股慄。形家形家，即堪輿家，風水先生。言此山與胥門相直，甚不利於郡城。諸門皆有水關浮梁，而胥獨無，以此。聞往時有違衆作橋者，橋成，郡中士大夫廢放略盡，遂相率毁橋。今吴一時大老去者大老去者，大官因故離職的。紛紛，數年以來，登賢書登賢書，科舉考試中鄉試得中稱爲登賢書。者減於往額，郡中二千石二千石，地方郡守級的官員。漢制，郡守俸禄爲兩千石，即月俸百二十斛，因此稱郡守爲『二千石』。皆不及政成而去，論者乃復委罪于門外石坊矣。

楞伽

楞伽一名支硎。《吴地記》《吴地記》，唐陸廣微撰，後散佚，宋人有補録。爲地方志書。云：『支公支公，即支遁，字道林，世稱支公，也稱林公。東晉高僧、佛學家、文學家，曾于支硎山隱居。嘗隱此山，後得道，乘白馬升雲而去。』余謂升雲事不見於本傳，豈非好事者因《世説》『神駿』一語，《世説新語・言語》：『支道林常養數匹馬。或言道人蓄馬不韻，支曰：「貧道重其神駿。」』附會其説邪？楊循吉楊循吉（一四五六—一五四四），字君謙，吴縣人。明成化二十年（一四八四）進士。引文見於其與蘇祐合修的《吴邑志》。曰：『此山去城不遠，清僻可賞。至於茶梅煙雪，景物擅奇，名勝共遊之山也。』聞二三月間，遊人甚勝，朱樓複閣之女，騷人逸士之流，狹斜平康之伎，社南社北之兒，花攢綺簇，雜遝山間，不減上方、虎丘。

余往過山下，正值紛龐之時，奇石幽巒，拔起雲際，寓目即歸，未暇登覽。歸來與江進之約，欲以春和時往，而病尋作，乞骸去矣。名山勝水，信亦有緣哉！

山上有寒泉，雨後轟雷噴雪，極爲可觀。石門尤奇特，兩石突起如門，下臨絶壑。有馬跡石，俗説支公好蓄駿馬，足跡猶存，石上有馬溺黄色一帶。

天平

天平山以白樂天顯。白居易有《白雲泉》一詩：『天平山上白雲泉，雲自無心水自閒。何必奔沖山下去，更添波浪向人間。』山腹有亭，亭側清泉，泠泠不竭，所謂白雲泉也。吳邑志云：『天平在吳中，最爲崷崒，崷崒，山勢高聳險峻。多奇石，山半白雲泉，亦爲吳中第一水。』蘇舜欽有詩云：『清溪至峰前，仰視勢飛舞。偉石如長人，聚立欲言語。石竇落玉泉，泠泠四時雨。』吳人至今稱之。聞方春時，遊舟甚盛，簫管綺羅，與上方諸山等。余過天平時，天已垂黑，駐足未定，山下水災狀子雪片飛來，余不復知山爲何物矣。

西洞庭

西洞庭之山，西洞庭之山，即太湖西山，古名包山。因在太湖之上的洞山和庭山之西而得名。高爲縹緲，怪爲石公，巉爲大小龍，幽爲林屋，縹緲、石公、大小龍、林屋，均爲太湖西山的山峰名。大小龍，即大龍山、小龍山。洞庭西山山峰名。此山之勝也。石公之石，丹梯翠屏；林屋之石，怒虎伏群；龍山之石，吞波吐浪。此石之勝也。隱卜龍洞，市居消夏，此居之勝也。涵村梅，後堡櫻，東村橘，天王寺橙，楊梅早熟，枇杷再接，桃有四斤之號，梨著大柄之稱，此花果之勝也。杜圻杜圻，即今平臺山。傳范蠡之宅，甪里有先生之村，甪里，在西山鎮西部，因漢初商山四皓之一甪里先生在此隱居而得名。一名甪灣里。龍洞築易老之室，易老，原指《易經》《老子》。易老之室，此處代指修道隱居。此幽隱之勝也。洞天第九，一穴三門，金庭玉柱之靈，石室銀户之跡，一穴三門，明蔡升撰，王鏊重修《震澤編》稱：林屋洞有三門，同會一穴，一名雨洞，一名暘谷，一名丙洞。金庭玉柱，林屋洞內的柱形鍾乳石。石室銀户，白色鍾乳石構成的石室。此仙跡之勝也。山色七十二，湖光三萬六，太湖內有大小島嶼四十八座，連同沿岸的山峰與半島，舊時號稱奇峰七十二座、湖面三萬六千頃。層巒疊障，出没翠濤，彌天放白，拔地插青，此山水相得之勝也。紀包山者，雖雲燦霞鋪，大約不出此七勝外。

余居山凡兩日，藍輿藍輿，同『籃輿』。一種竹製的座椅，類似轎子。行緑樹中，碧蘿垂幄，蒼枝掩徑，坐則青山列屏，立則湖水獻玉。一巒一壑，可列名山；敗址殘石，堪入圖畫。天下之觀止此矣。陶周望陶周望（一五六二—一六〇九），字望齡，號石簣居士，會稽（今浙江紹興）人。明萬曆十七年（一五八九）進士，是袁宏道的友人。曰：『余登包山，而始知西湖之小也。六橋六橋，杭州西湖蘇堤上有六座橋。俗以六橋稱蘇堤或西湖。如房中單條畫，飛來峰盆景耳。』余亦謂楚中雖多名勝，然山水不相遇。湘君、湘君，即君山，又名湘山、洞庭山，洞庭湖中的一個小島。洞庭遇矣，而荒寂絶人煙，竹樹空疏，石枯土頳。頳，同『頳』。紅色。博觀載籍，與洞庭爲配者，或者圓嶠、方壺圓嶠、方壺，均爲海上仙山之名。乎？若方内則故居然第一矣。

東洞庭

東洞庭一名胥母，東洞庭，即太湖東山，又名胥母山，傳伍子胥之母逃出楚國後曾在此定居，故名。莫釐莫釐山是東洞庭最高峰，傳隋朝莫釐將軍曾在山中居住，故名。其最高處也。其山視包山差小，視包山差小，指太湖東山最小的山峰比起包山來還要小一點。莫釐峰是太湖七十二峰中第二大峰，海拔二九三米。西山因有包山寺，故俗亦稱包山。主峰縹緲峰海拔三三六米，爲太湖七十二峰之首。主峰視縹緲差卑，巉巖視石公、龍山差平，廬居視清夏灣差薄。

諸草木果品皆同，獨東山民倍饒裕耳。所可恨者，民競刀錐，俗鮮風雅，雖有奇峰峭壁，曾無一亭一閣跨踞石上。每置酒提壺，則盤坐荒草中，亦無方丈之樹可以布茵列席者。山下僧寺湫隘不堪，荒涼如鬼室。兩山之民，其不好事如此哉！

蘇人好遊，自其一癖，然遊洞庭者絶少。雖騷人逸士，有白首未見太湖者。余以簿書錢穀之人，乍拋牛馬，牛馬，指繁雜的公務。古人常以『牛馬走』謂像牛馬般奔波勞碌於公務瑣事。唐李宣遠《近無西耗》詩：『自憐牛馬走，未識犬羊心。』暫友麋鹿，樂何可言！徘徊顧視，乃益自雄，真不愧作五湖長矣。

錦帆涇

錦帆涇在吴縣治前，涇已湮塞，酒樓跨其上，僅得小渠一線耳。俗傳吴王與諸宫娃，錦帆遊樂於此，故名。《楊志》《楊志》，指楊循吉與蘇祐合修的《吴邑志》。謂市郭之中，徒杠徒杠，可供徒步行走的小橋。相望，無容掛帆，謬矣。夫陵谷相尋，沙海變易，厥土塗泥，今爲上則朱樓畫閣，安知昔不爲翠濤白浪哉？或云涇即舊子城子城，大城所屬的小城，即内城及附郭的甕城或月城。壕，未知孰是。

百花洲

百花洲在胥、盤二門之間。余一夕從盤門盤門，即蘇州盤門，爲吴八門之一，古稱蟠門。門上曾懸有木製蟠龍。始建於周敬王六年即吴王闔閭元年（前五一四）。由於吴國在辰位，越國在巳位，因此刻木作蟠龍，面向越國，以示征服之意。後因其『水陸相半，沿洄屈曲』，改稱盤門。出，道逢江進之，問：『百花洲花盛開否？盍往觀之？』余曰：『無他物，惟有二三十糞艘糞艘，糞船。舊時水鄉城市人家會在房子旁或後門放一個糞缸，平日將馬桶中的糞便倒入缸中積存起來，等擔糞人來收購。收集的糞再裝船運到農村。即文中所云『糞艘』，一般有固定的航道，稱『糞道』。鱗次綺錯，氤氲數里而已矣。』進之大笑而别。

姑蘇臺

胥門城上有小石亭一間，去門數武，武，古代長度單位，半步爲武。俗説姑蘇臺舊址在此。余考諸書俱不類。《吳越春秋》東漢趙曄撰，是一部以記述春秋時期吳、越兩國史事爲主的史學著作。今存十卷。云：『闔閭春夏治於姑蘇之臺。旦食鮔山，鮔山，即䱉山，一作『組山』。晝遊蘇臺。』《越絶書》云：『胥門外有九曲路，闔閭造以遊姑蘇之臺。』《洞冥記》《洞冥記》，志怪小説集。舊題東漢郭憲作。共四卷六十則故事。云：『吳王夫差築姑蘇之臺，三年乃成。周旋詰曲，橫亘五里。』《山水記》云：『姑蘇臺作五年乃成，高見三百里。』《吳地記》云：『闔閭十一年起臺於姑蘇山，因山爲名，去國五里，夫差復高而飾之。』由此觀之，臺倚山枕流，峻絶人境，當在踞湖、踞湖，即踞湖山。又名五塢山、橫山，今江蘇吳縣西南七子山。胥山胥山，在江蘇吳縣西南。《史記·伍子胥列傳》：『（吳王）乃取子胥屍……浮之江中。吳人憐之，爲立祠於江上，因命曰胥山。』一説吳闔閭時已有胥山之名。之間矣。

陰澄湖

繇[繇同由。]潼子門[潼子門，在蘇州閶門內。]下船，北去一里，爲陰澄湖。湖三面受風，每盛夏時，遊舟綺錯，日不下百餘艘。玉腕青眉，嬌歌緩板，來往羅泊中，亦勝遊也。王百穀曰：『湖上有龍王祠，「陰澄」蓋「應澤」之訛云。』

丙申六月，與顧靖甫放舟湖心，披襟解帶，涼風颯然而至，西望山色，出城頭如髻。揮麈高談，不知身之爲吏也。少頃郵者報臺使者[臺使者，亦稱臺使、烏臺使君。唐時指未正名的監察御史。後爲按察使的別稱。]至寶帶橋，[寶帶橋，又名長橋，位於蘇州市吳中區長橋鎮，傍運河西側，跨澹臺湖口。]客主倉惶，未能成禮而別。

荷花蕩

荷花蕩在葑門[葑門，位於蘇州城東，初名封門，以封禺山得名。又以周圍多水塘，盛産葑（茭白），遂改爲葑門。]外，每年六月廿四日，遊人最盛。畫舫雲集，漁刀[漁刀，即漁舠，一種刀形的小漁船。]小艇，僱覓一空。遠方遊客，至有持數萬錢無所得舟，蟻旋岸上者。舟中麗人，皆時妝淡服，摩肩簇舄，汗透重紗如雨。其男女之雜，燦爛之景，不可名狀。大約露幃則千花競笑，舉袂則亂雲出峽，揮扇則星流月映，聞歌則雷輥濤趨。蘇人遊冶之盛，至是日極矣。

西湖一

從武林門武林門，在杭州城北，宋代名餘杭門，俗稱北關門。而西，望保叔塔保叔塔，又名保俶塔。位於杭州西湖之北寶石山上。突兀層崖中，則已心飛湖上也。午刻入昭慶，昭慶，即昭慶寺。歷史上曾是著名的南宋皇家五山十刹之一。茶畢，即棹小舟入湖。山色如娥，花光如頰，温風如酒，波紋如綾，纔一舉頭，已不覺目酣神醉。此時欲下一語描寫不得，大約如東阿王夢中初遇洛神東阿王，即曹植，他曾封東阿王。他作《洛神賦》自述夢中與洛水女神相會之事。時也。余遊西湖始此，時萬曆丁酉二月十四日也。

晚同子公渡浄寺，浄寺，即浄慈寺。位於西湖西側，九五四年五代吴越國錢弘俶爲高僧永明禪師而建，原名永明禪院；南宋時改稱浄慈寺。因寺内鐘聲響徹，在南宋時譽爲『南屏晚鐘』，且成爲西湖十景之一。覓阿賓阿賓，袁宏道之弟袁中道的小名。舊住僧房。取道由六橋、岳墳、石徑塘而歸。草草領略，未及遍賞。次早得陶石簣帖子，至十九日，石簣兄弟石簣兄弟，即陶望齡、陶奭齡兄弟。陶望齡（一五六二—一六〇九），字周望，號石蕢，會稽（今浙江紹興）人。同學佛人王靜虚至，湖山好友，一時湊集矣。

西湖二

西湖最盛，爲春爲月。一日之盛，爲朝煙，爲夕嵐。今歲春雪甚盛，梅花爲寒所勒，與杏桃相次開發，尤爲奇觀。石簣數爲余言：『傅金吾傅金吾，任金吾衛的傅某。金吾，漢朝主管京城治安的官員。此指錦衣衛官員。園中梅，張功甫張鎡（一一五三—一二一二），字功甫，一字時可，號約齋，南宋臨安（今浙江杭州）人。是南宋抗金名將張俊的曾孫。善品梅。家故物也，急往觀之。』余時爲桃花所戀，竟不忍去。湖上由斷橋至蘇堤一帶，綠煙紅霧，彌漫二十餘里。歌吹爲風，粉汗爲雨，羅紈之盛，多於堤畔之草，豔冶極矣。

然杭人遊湖，止午未申三時，其實湖光染翠之工，山嵐設色之妙，皆在朝日始出，夕舂未下，夕舂未下，即『下舂』。日落時分。始極其濃媚。月景尤不可言，花態柳情，山容水意，別是一種趣味。此樂留與山僧遊客受用，安可爲俗士道哉。

西湖三

望湖亭，即斷橋一帶，堤甚工緻，比蘇堤尤美。夾道種緋桃、垂楊、芙蓉、山茶之屬二十餘種，堤邊白石砌如玉，布地皆軟沙。杭人曰：『此内使孫公內使孫公，即太監孫隆，時任蘇杭織造，曾出鉅資重修西湖一帶景觀。所修飾也。』此公大是西湖功德主。自昭慶、净慈、龍井及山中庵院之屬，所施不下百萬。余謂白、蘇二公，西湖開山古佛，此公異日伽藍也。『腐儒幾敗乃公事』，可厭可厭。

西湖四

西陵橋西陵橋，在杭州孤山西北盡頭處，是由孤山入北山的必經之路。一名西林，一名西泠，或曰即蘇小結同心處蘇小，即蘇小小。南齊時錢塘名妓。死後葬於西陵。也。余因作詩弔之。方子公曰：『「數聲漁笛知何處，疑在西泠第一橋。」陵作泠，蘇小恐誤。』余曰：『管不得。祇是西陵便好。且白公《斷橋》詩有云：「柳色春藏蘇小家。」斷橋去此不遠，豈不可借作西陵故實邪？』

孤山

孤山處士，孤山處士，即林逋。妻梅子鶴，是世間第一種便宜人。我輩祇爲有了妻子，便惹許多閒事，撇之不得，傍之可厭，如衣敗絮行荆棘中，步步牽掛。近日雷峰下有虞僧孺，亦無妻室，殆是孤山後身。所著《溪上落花詩》，雖不知於和靖如何，然一夜得百五十首，可謂迅捷之極。至於食淡參禪，則又加孤山一等矣。何代無奇人哉！

飛來峰

湖上諸峰，當以飛來爲第一，高不餘數十丈，而蒼翠玉立。渴虎奔猊，不足爲其怒也；神呼鬼立，不足爲其怪也；秋水暮煙，不足爲其色也；顛書吴畫，顛書吴畫，即米芾的書法、吴道子的繪畫。不足爲其變幻詰曲也。石上多異木，不假土壤，根生石外。前後大小洞四五，窈窕通明，溜乳作花，若刻若鏤。壁間佛像，皆楊秃楊秃，即楊璉真珈，元代西夏藏傳佛教僧人，乃吐蕃僧人八思巴帝師的弟子，見寵於忽必烈。至元二十二年（一二八五），任江南總攝。曾盗掘南宋帝后公卿墓百餘座，還將宋理宗頭蓋骨做成飲器。所爲，如美人面上瘢痕，奇醜可厭。

余前後登飛來者五：初次與黄道元、方子公同登，單衫短後，直窮蓮花峰頂，每遇一石，無不發狂大叫；次與王聞溪同登；次爲陶石簣、周海寧；次爲王靜虚、石簣兄弟；次爲魯休寧。每遊一次，輒思作一詩，卒不可得。

靈隱

靈隱寺靈隱寺，又名雲林寺，位於西湖西北面，在飛來峰與北高峰之間靈隱山麓中，是江南著名古刹之一。在北高峰下，寺最奇勝，門景尤好。由飛來峰至冷泉亭一帶，澗水溜玉，畫壁流青，是山之極勝處。亭在山門外，嘗讀樂天記有云：『亭在山下水中，寺西南隅，高不倍尋，廣不纍丈，撮奇搜勝，物無遁形。春之日，草薰木欣，可以導和納粹；夏之日，風泠泉渟，可以蠲煩析酲。山樹爲蓋，巖石爲屏，雲從棟生，水與階平。坐而玩之，可濯足於床下；卧而狎之，可垂釣於枕上。潺湲潔澈，甘粹柔滑，眼目之囂，心舌之垢，不待盥滌，見輒除去。』觀此記，亭當在水中，今依澗而立，澗闊不丈餘，無可置亭者。然則冷泉之景，比舊蓋減十分之七矣。

韜光韜光，即韜光寺。位於杭州北高峰的南坡巢拘塢內，爲巴蜀高僧韜光來杭於唐穆宗長慶年間所建。此處爲儒、釋、道三聖寶地，自古以朝佛、觀日、觀海三絕而著稱。在山之腰，出靈隱後一二里，路徑甚可愛。古木婆娑，草香泉漬，淙淙之聲，四分五路，達於山廚。庵内望錢塘江，浪紋可數。

余始入靈隱，疑宋之問詩不似。意古人取景，或亦如近代詞客，捃拾幫湊。及登韜光，始知『滄海浙江』『捫蘿刳木』數語，唐孟棨《本事詩・徵異》記載，宋之問被貶官，途經靈隱寺，夜晚散步，得一聯『鷲嶺鬱岧嶢，龍宫鎖寂寥』，苦思不得下句。一老僧從旁對曰：『何不用「樓觀滄海日，門對浙江潮」？』宋大爲嘆服。老僧續云：『桂子月中落，天香雲外飄。捫蘿登塔遠，刳木取泉遥。霜薄花更發，冰輕葉未凋。待入天臺路，看余度石橋。』第二日宋再去拜訪，老僧已不見。一問纔知是駱賓王，徐敬業兵敗後落髮爲僧，隱居在此。字字入畫，古人真不可及矣。宿韜光之次日，余與石簣、子公同登北高峰絕頂而下。

龍井

龍井泉既甘澄，石復秀潤。流淙從石澗中出，泠泠可愛。入僧房，爽塏可棲。余嘗與石簣、道元、子公汲泉烹茶於此。石簣因問龍井茶與天池孰佳？余謂龍井亦佳，但茶少則水氣不盡，茶多則澀味盡出，天池殊不爾。大約龍井頭茶雖香，尚作草氣，天池作荳氣，虎丘作花氣，唯岕岕，即岕茶。明清兩朝貢茶，色白有乳香，爲珍貴的名茶。非花非木，稍類金石氣，又若無氣，所以可貴。岕茶葉粗大，真者每斤至二千餘錢。余覓之數年，僅得數兩許。近日徽人有送松蘿茶者，味在龍井之上、天池之下。龍井之嶺爲風篁，峰爲獅子，石爲一片雲、神運石，皆可觀。秦少遊舊有《龍井記》，文字亦爽健，未免酸腐。

煙霞石屋

煙霞洞亦古亦幽，涼沁入骨，乳汁乳汁，鍾乳石滴下的水。涔涔下。石屋虛朗，如一片雲，欹側而立，又如軒榭，可布几筵。余凡兩過石屋，爲傭奴所據，嘈雜若市，俱不得意而歸。

南屏

南屏峰巒秀拔，峻壁横披，宛若屏障。浄慈在其下，永明和尚撰《宗鏡録》處也。永明入處廉纖，欲於文字中求解脱，無有是處，後來念佛修浄土，皆因解脱不出，心地未穩，所以别尋路徑。今《宗鏡録》中可商者甚多，一見當知之。或曰：『永明，法眼法眼（八八五—九五八），即清涼文益。浙江餘杭人，俗姓魯。幼時便出家爲僧，跟隨寧波餘杭寺的希覺律師學法。後參拜羅漢桂琛禪師，豁然開悟，成爲桂琛禪師的法嗣。晚年住持金陵清涼院，稱『清涼文益』。當時，四方學人雲集，禪風大振。他去世後，南唐中主李璟謚爲『大法眼禪師』，因此後人稱他爲『法眼文益』，又稱他所開創的禪法爲『法眼宗』。嫡派，子何得横生異議？』余謂法眼舉動若此，余猶將議之，况其孫耶？夫永明智慧廣大，當時親見作家，作家，佛教禪宗對善用機鋒者之稱。末路尚爾如此，吾輩麄根浮器，不曾見得一個半個智識，可輕易談佛法哉！

蓮花洞

蓮花洞之前爲居然亭，亭軒豁可望，每一登覽，則湖光獻碧，鬚眉形影，如落鏡中，六橋楊柳一絡，牽風引浪，蕭疏可愛。晴雨煙月，風景互異，净慈之絶勝處也。洞石玲瓏若生，巧逾雕鏤。余嘗謂吴山、南屏一派，皆石骨土膚，中空四達，愈搜愈出。近若宋氏園亭，皆搜得者。又紫陽宫石，爲孫内使孫内史，指明代司禮太監孫隆。搜出者甚多。噫，安得五丁神將，五丁神將，即五丁力士。晉常璩《華陽國志·蜀志》記載，開明王時「蜀有五丁力士，能移山，舉萬鈞」。挽錢塘江水，將塵泥洗盡，山骨盡出，其奇奥當何如哉！

御教場

余始慕五雲五雲，即五雲山，海拔三三四米。相傳常有五色瑞雲盤旋頂上，故以「五雲」名之。之勝，刻期欲登，將以次登南高峰。及一觀御教場，御教場，又名女教場，相傳爲南宋六宫嬪妃習武之地。遊心頓盡。石簣嘗以余不登保叔塔爲笑。余爲西湖之景，愈下愈勝；高則樹薄山瘦，草髡石秃，千頃湖光，縮爲杯子，北高、御教場是其樣也。雖眼界稍闊，然我真長不過六尺，睁眼不見十里，安用此大地方爲哉？石簣無以難。飲御教場之日，風力稍勁，石簣强吞三爵，遂大醉不能行，亦是奇事。夫石簣之醉，乃滄田一變海，黄河一度清也，惡得無紀哉！

吴山

余最怕入城。吴山在城内，以是不得遍觀，僅匆匆一過紫陽宫耳。紫陽宫石玲瓏窈窕，變態横出，湖石湖石，産於太湖的石頭，多孔穴，宜於堆砌假山。不足方比。梅花道人梅花道人，即吴鎮（一二八〇—一三五四），字仲圭，號梅花道人，嘗自署梅道人。元浙江嘉興魏塘人。畫山水深厚凝重，擅於用墨，淋漓雄厚，爲元人之冠。歿前自選生壙，自書碑文。『梅花和尚之塔』。墓在今梅花庵側。一幅活水墨也。奈何辱之郡郭之内，使山林僻懶之人親近不得？可歎哉！

雲棲

雲棲雲棲，即雲棲寺，在杭州五雲山下。始建於北宋乾德五年（九六七），是吴越王爲伏虎志逢禪師興建的三座寺院之一。『雲棲竹徑』更爲西湖十景之一。在五雲山下，籃輿行竹樹中，七八里始到，奥僻非常，蓮池和尚蓮池和尚，俗姓沈，名袾宏，字佛慧，明仁和（今杭州）人。出家前是極有文名的秀才，三十二歲時翻閲《慧燈集》，失手打碎茶杯，忽而醒悟，遂『世相一筆勾銷，作歌寄意，棄而專事佛』。在四川剃度後，遍遊全國，最後回到杭州，見雲棲山水岑寂，便在此結茅居住，終日默坐，一日祇煨粥一餐。棲止處也。蓮池戒律精嚴，於道雖不大徹，然不爲無所見者。至於單提念佛一門，則尤爲直捷簡要。六個字六個字，即六字大明咒：唵嘛呢叭咪吽。中，旋天轉地，何勞捏目更趨狂解，捏目更趨狂解，典出《五燈會元·馬祖道一禪師》：『有小師行腳回，於師前劃個圓相，就上禮拜了立。師云：「汝莫欲作佛否？」云：「某甲不解捏目。」師云：「吾不如汝。」』然則雖謂蓮池一無所悟可也。一無所悟，是真阿彌，請急著眼。

湖上雜敘

浪跡四閱月，過西湖凡三次。初次遊湖，次則從五泄五泄，在諸暨市西北二十三公里群山之中，泄爲瀑布之意。歸，再次則從白岳白岳，即齊雲山。中國四大道教名山之一，古稱白岳。位於徽州休寧縣城西十五公里處。歸也。湖上住昭慶五宿，法相、天竺各一宿。天竺之山，周遭攢簇如城。余仲春十八夜宿此，燒香男女，彌谷被野，一半露地而立，至次早方去，堂上堂下，人氣如煙，不可近。法相長耳像極可觀，筍極可食，酒極可飲，頭水綿極可買。其餘皆宿浄慈翻經房中，房甚深，至山門可里許。每將暮，則出藕花居，棹小舟看山間夕嵐。月夜則登湖心亭，過第四橋、水仙廟，從堤上步而歸。或過昭慶，訪汪仲嘉、戒山諸友工課，率以爲常。湖上之寺，如瑪瑙、瑪瑙寺又稱瑪瑙講寺，原址在孤山瑪瑙坡，瑪瑙坡上有許多色彩斑斕的碎石，質如瑪瑙，杭州人常採集這些碎石鐫刻圖章，瑪瑙寺也因此得名。大佛頭，大佛頭，古代杭州大佛寺的石佛遺跡，在西湖寶石山南麓半山腰從背。後看很像佛頭。大佛衹有頭和兩肩，顯得頭特別大，俗稱爲『大佛頭』。山中如玉泉、靈峰、高麗、虎跑、真珠、勝果之屬皆常所出没之處。其他不知名并失記者尚多，種種皆佳，難以細述。聊識一二，以俟再遊。因令子公正書一通，并遺陶氏兄弟。

湘湖

蕭山櫻桃、鴜鴜,音義未詳,疑即『鴛』字。鳥、蓴菜蓴菜,又名馬蹄菜、湖菜等,多年生宿根水生草本植物。鮮美滑嫩,爲一種珍貴蔬菜。皆知名,而蓴尤美。蓴採自西湖,浸湘湖一宿然後佳,若浸他湖便無味。浸處亦無多地,方圓僅得數十丈許。其根如荇,其葉微類初出水荷錢,其枝丫如珊瑚而細,又如鹿角菜,其凍如冰,如白膠,附枝葉間,清液泠泠欲滴。其味香粹滑柔,略如魚髓蟹脂,而清輕遠勝。半日而味變,一日而味盡,比之荔枝,尤覺嬌脆矣。其品可以寵蓮嬖藕,無得當者。唯花中之蘭、果中之楊梅,可異類作配耳。惜乎此物東不逾紹,西不過錢塘江,不能遠去,以故世無知者。余往仕吴,問吴人張翰蓴張翰蓴,即張翰所思念的蓴菜。張翰,字季鷹,西晉文學家,爲人放達不羈。傳其見秋風起,懷念故鄉的蓴菜與鱸魚,遂辭官回鄉。作何狀,吴人無以對。果若爾,季鷹棄官,不爲折本矣。然蓴以春暮生,入夏數日而盡,秋風鱸魚,將無非是。抑千里湖中,別有一種蓴邪?

湘湖在蕭山城外,四匝皆山。余遊時,正值湖水爲漁者所盜,湖面甚狹,行數里即返舟。同行陶公望、王靜虛,舊向余誇湘湖者,皆大慚失望。

禹穴

禹穴，禹穴，相傳爲夏禹的葬地。在今浙江省紹興會稽山。《史記・太史公自序》：『遷生龍門，耕牧河山之陽。年十歲則誦古文。二十而南遊江、淮，上會稽，探禹穴。』一頑山耳。禹廟亦荒涼，不知當時有何奇，而龍門生龍門生，即司馬遷。因其生於龍門，故稱。欲探之。然會稽諸山，遠望實佳，尖秀淡冶，亦自可人。昔王子猷（按，『猷』當作『敬』）語人，但云『山陰道上』。《世說新語・言語》：『王子敬云：「從山陰道上行，山川自相映發，使人應接不暇。」』『道上』二字，可謂傳神。余嘗評西湖如宋人畫，山陰山水如元人畫。花鳥人物，細入毫髮，濃淡遠近，色色臻妙，此西湖之山水也。人或無目，樹或無枝，山或無毛，水或無波，隱隱約約，遠意若生，此山陰之山水也。二者孰爲優劣，具眼者當自辨之。夫山陰顯於六朝，至唐以後漸減；西湖顯于唐，至近代益盛，然則山水亦有命運耶？

蘭亭

蘭亭殊寂寞。蓋古蘭亭依山依澗，澗彎環詰曲，流觴晉王羲之《蘭亭集序》：『又有清流激湍，映帶左右，引以爲流觴曲水。』之地莫妙於此。今乃擇平地砌小渠爲之，俗儒之不解事如此哉。

鑒湖

鑒湖鑒湖，即鏡湖。又稱長湖、慶湖。在浙江紹興城西南二公里。爲紹興名勝之一。昔聞八百里，今無所謂湖者。土人云：『舊時湖在田上，今作海閘，湖盡爲田矣。』賀監池賀監池，亦稱賀老湖、賀公湖、賀家湖。鏡湖的別稱。賀知章退隱鄉里後，唐玄宗曾詔賜鏡湖剡川一帶。賀監，賀知章曾官秘書監，晚年自號『秘書外監』，故稱。去陶家堰陶家堰，又稱陶堰。位於紹興市東郊，距市區十三公里。有『江南人才名鎮』之譽。漢永和年間，太守馬臻始築堰爲湖以防水灌入。元末陶姓居於堰下，遂得此名。二三里，闊可百十頃，荒草綿茫如煙，蛙吹如哭。月夜泛舟於此，甚覺淒涼。醉中謂石簣：『爾狂不如季真，季真，即唐人賀知章，字季真。飲酒不如季真，獨兩眼差同耳。』石簣問故。余曰：『季真識謫仙人，謫仙人，即李白，字太白，號青蓮居士，有『詩仙』之稱。爾識袁中郎，眼詎不高與？』四坐嘿然，心誹其顛。

西施山

西施山西施山，在今紹興城東五雲門外。在紹興城外，一名土城，西施教歌舞之處，今爲商氏别墅。嘗同諸公宿此一夜，石簣和余詩有云『宿幾夜嬌歌豔舞之山』，蓋謂此也。余戲謂石簣：『此詩當註明，不然累爾他時謚文恪文恪，謚號。謚法中威容端嚴曰恪。公不得也。』石簣大笑，因曰：『爾昔爲館娃主人，鞭棰叱喝，唐突西子，何顏復行浣溪浣溪，浣紗溪。又稱若耶溪。出若耶山，北流入運河。溪旁舊有浣紗石古跡，相傳西施浣紗於此，故名。道上？』余曰：『不妨。浣溪道上，近日皆東施娘子矣。』

六陵

六陵六陵，即宋六陵，包括南宋時期的高宗永思陵、孝宗永阜陵、光宗永崇陵、寧宗永茂陵、理宗永穆陵和度宗永紹陵等六個皇帝的陵墓。元初江南總攝楊璉真伽乘政局混亂，勾結丞相桑哥，盜毀南宋諸陵及陪葬墓一百多座，毀壞殆盡。蕭騷岑寂，春行如秋，晝行如夜，雖聯鞭疊騎，常若有悵啼鬼哭之聲。讀唐義士唐義士，即唐珏（一二四七—？），字玉潛，號菊山，會稽山陰人。少孤，力學。家貧，聚徒衆授經以養母。元僧楊璉真伽發宋諸陵，珏時年三十二，聞之，乃邀里中少年潛易以他骨另葬。義風震動吴、越。詩，楚痛入骨，爲之泣下。古來亡國敗家雖多，未有若此之慘酷者也。

碑碣皆荒斷不可讀。山勢回合，架數敗宇其間，惟有老松横道，杜鵑花滴血滿山而已。相與悲歌感慨，泣數行下。既而自笑，鬼若無知，則暴骨含珠，高碑廢隴，等作一丘。鬼若有知，玉魚金碗之恨，今已銷歇。且禹陵之卷石，卷石，如拳頭大小的石頭。視六陵之荒址，其榮枯能有幾也？遊者乃樂彼而愴此。噫，亦惑矣！

遊六陵之日，子公醉甚，戲弄馬鞍上，幾墮。

五泄一

越人盛稱五泄，五泄，山名。位於諸暨市西北二十三公里處。素有『小雁蕩』之稱。當地人稱瀑布爲泄，一水折爲五級，所以叫『五泄』。然皆聞而知之。陶周望雖極言五泄之好，其實不曾親見，與我等也。發郡城凡二日，至諸暨縣，縣去五泄尚七十餘里。次日始行，一路多頑山，無卷石可入目者。余私念看山數百里外，敝舟羸馬，艱辛萬狀，今諸山態貌若此，何以償此路債？周望亦謂乃弟：『余輩誇張五泄太過，若爾，當奈中郎笑話何？』獨靜虛以爲不然。

頃之，至青口，青口，山口名。在浙江省諸暨市東二十二公里處。兩山夾天如線，山石玲瓏峭削，若疊若鏤。數里一壁，潭水滑滑流壁下。一壁上有古木一株，土人云是沉香樹，一年一花，猿猱所不到。其他非奇壁，則皆穠花異草，幔山而生，紅白青綠，燦爛如錦。映山紅有高七八尺者，與他山絕異。因相顧大叫曰：『奇哉！得此足償路債，不怕袁郎輕薄也。』王靜虛曰：『未也。爾輩遇小小丘壑，便爾張惶如是，明日見五泄，當不狂死耶？』靜虛曾習定五泄三年，以是知之極詳。

余與公望聞之喜甚，皆跳吼沙石上。緩步十餘里，始至五泄僧房。五泄僧房，即五泄禪寺。又稱永安禪寺。相傳爲五臺山靈默禪師在唐元和三年（八〇八）所建，至今還保存著明代畫家陳洪綬書寫的『三摩地』石刻門額、清大學士劉墉爲官廳題寫的『雙龍湫室』匾額。寺左石壁上刻有徐渭書『七十二峰深處』。靜虛曰：『牛羊下矣，五泄留供來日朝餐。』因散步前山，沿溪而行。兩山一溪，比青口天尤狹，而奇峭率相類。山形或如爐，如鐘鼓，如屏障劍戟，皆拔地而生，溪傍天竹成林。行數里，遇一白鬚人云：『前山有虎。』同行者皆心動，尋舊路而歸。

五泄二

五泄水石俱奇絶，别後三日，夢中猶作飛濤聲，但恨無青蓮之詩、子瞻之文，描寫其高古濆薄之勢，爲缺典耳。石壁青削，似緑芙蕖，高百餘仞，周回若城，石色如水浣浄，插地而生，不容寸土。飛瀑從巖顛掛下，雷奔海立，聲聞數里，大若十圍之玉，宇宙間一大奇觀也。因憶《會稽賦》有所謂『五泄爭奇於雁蕩』宋王十朋《會稽風俗賦》：『五泄爭奇於雁蕩，四明競秀於天台。』者，果爾，雁蕩雁蕩，即雁蕩山。在浙江省温州市樂清市境内，部分位於永嘉縣及温嶺市。因山頂有湖，南歸秋雁多宿於此，故名雁蕩。之奇，當復如何哉？

暮歸，各得一詩。余詩先成，石簣次之，靜虛、公望、子公又次之。所目既奇，詩亦變幻恍惚，牛鬼蛇神，不知是何等語。時夜已午，魈呼虎號之聲，如在床几間。彼此諦觀，鬚眉毛髮，種種皆豎，俱若鬼矣。

五泄三

一二三四等泄，俱在山腰，五級而下，飛濤走雪，與第五泄率相類。山路甚險巇，余等從山顛下觀之，時新雨後，苔柔石滑，不堪置足，一手拽樹枝，一手執杖，踏人肩作磴，半日始得那那，同『挪』。一步，艱苦萬狀。山僧云：『自此往富陽，富陽，在浙江省西北。古爲富春縣，因避簡文帝生母宣太后鄭阿春諱，東晉太元十九年（三九四）更名富陽。富陽之名始於此。便是平地，不復下嶺。』五泄或作五雪，亦佳。

玉京洞

玉京玉京洞，亦名白雲洞，地處應店街鎮紫閬片萊塢村。整個溶洞分上、中、下三層，底層爲地下水，上層爲鐘乳石密集之地，中間層分爲五個大廳，現可攀臨。洞内石壁上刻有『皇祐寅春南譙張環唐公獨遊』。去五泄二十餘里，洞門空闊，初時若夏屋，少進，徑微仄，闊復如前。洞中形似蓮花人物之屬甚多。凡三四折，至一孔，極小，非匍匐不能入。余與二陶皆貼地而行。炬煙大作，眼淚如雨。偶思前輩有説入洞爲煙熏殺者，心懼，乃各退出。唯王静虚與吴縣一皂隸，拼命疾進，過嶺四五，至洞深處，爲澗所隔，不能度，始歸。

初至天目雙清莊記（《袁中郎集》作『天目一』）

數日陰雨，苦甚，至雙清莊，元代洪喬祖施田二百五十畝，立莊于西天目山南麓，因昭明太子雙目復明故事而得名。原有四祠堂，祀寶華、含清、歸一、洞元四真君。元末毀於兵。明洪熙元年（一四二五），智粤和尚于莊所建立禪堂，接待方士。清康熙五年（一六六六），全部歸入禪源寺。天稍霽。莊在山腳，諸僧留宿莊中，僧房甚精。溪流激石作聲，徹夜到枕上。石簣夢中誤以爲雨，愁極，遂不能寐。次早山僧供茗糜，邀石簣起。石簣歎曰：『暴雨如此，將安歸乎！有卧遊耳。』僧曰：『天已晴，風日甚美，響者乃溪聲，非雨聲也。』石簣大笑，急披衣起，啜茗數碗，即同行。

天目一（《袁中郎集》作『天目二』）

天目天目山位於杭州臨安城北，因東、西峰頂各有一池，宛若雙眸仰望蒼穹，由此得名。幽邃奇古不可言。由莊至顛可二十餘里。凡山深僻者多荒涼，峭削者鮮迂曲，貌古則鮮妍不足，骨大則玲瓏絕少，以至山高水乏，石峻毛枯，凡此皆山之病。天目盈山皆壑，飛流淙淙，若萬疋縞，一絕也。石色蒼潤，石骨奧巧，石徑曲折，石壁聳峭，二絕也。雖幽谷縣巖，庵宇皆精，三絕也。余耳不喜雷，而天目雷聲甚小，聽之若嬰兒聲，四絕也。曉起看雲，在絕壑下，白淨如綿，奔騰如浪，盡大地作琉璃海，琉璃海，此指潔白的雲霧浮動在青山之上，如海水翻滾。諸山尖出雲上若萍，五絕也。然雲變態最不常，其觀奇甚，非山居久者不能悉其形狀。山樹大者，幾四十圍，松形如蓋，高不逾數尺，一株直萬餘錢，六絕也。頭茶之香者，遠勝龍井，筍味類紹興破塘，破塘，浙江紹興地名，以産筍著稱。而清遠過之，七絕也。余謂大江之南，修真棲隱之地無逾此者。便有出纏結室之想矣。

宿幻住幻住，幻住庵。在圓通巖下西方庵上。爲中峰和尚晏坐草廬。中峰自稱『幻子』，凡所居住處皆名『幻住』，此爲其中之一。之次日，晨起看雲，巳後登絕頂。晚宿高峰、死關。次日由活埋庵活埋庵，在獅子巖南，前爲香爐峰，後爲趺坐石，幻住和尚嘗禪寂石上。尋舊路而下。數日晴霽甚，山僧以爲異，下山率相賀。山中僧四百餘人，執禮甚恭，爭以飯相勸。臨行，諸僧進曰：『荒山僻小，不足當巨目，奈何？』余曰：『天目山某等亦有些子分，山僧不勞過謙，某亦不敢面譽。』因大笑而別。

齊雲

齊雲天門齊雲，即白岳山。天門，齊雲山著名景區。在壽字崖下有一天然石洞，稱『崖下窟窿』，爲一天門。門摩崖石刻和碑銘很多，琳琅滿目，爲『白岳碑林』。上有二天門、三天門，風景俱佳。奇勝，巖下碑碣填塞，可厭耳。徽人好題，亦是一僻。仕其土者，熏習成風，朱書白榜，卷石皆遍，令人氣短。余謂律中盜山伐礦，皆有常刑；俗士毁汙山靈，而律不禁，何也？佛説種種惡業，俱得惡報，此業當與殺盜同科，而佛不及，亦是缺典。青山白石，有何罪過，無故黥其面、裂其膚？吁，亦不仁矣哉！五老峰、五老峰，在白岳山中，與三姑峰對應。萬人緣石皆好，而微乏秀潤，山骨亦不巉，以兹不耐久觀。然使道院少作數間，官府不常至，碑文漸落，石苔漸長，白岳之神不靈，不百餘年，齊雲庶幾可復舊觀矣。同遊爲梅季豹、陶周望、潘景升、方子公、僧碧暉及章、李二生，五宿而後行。

石橋巖

石橋巖石橋巖，在齊雲山後山雲巖湖西岸。長約九十米，穹高二十六米，跨度近四十米。從東向西透過橋孔觀看，宛如半月。橋西有一山峰卓立於橋洞之中，像一隻石猴，也像一隻玉兔，故名曰『猴子望月』或『玉兔搗月』。略似天門一帶，而門稍闊，去齊雲二十五里。遊之日，天甚昏黑，各攜雨具去。及歸，竟不雨，同行半道歸者皆大悔懊。

釣臺

釣臺指東漢嚴子陵垂釣處。故址在浙江桐廬城西十五公里的富春山上。今釣臺處有石亭，臨江有嚴先生祠。兩石相對，富春山山腰有二磐石，稱東西二釣臺。東稱嚴子陵釣臺，西爲宋處士謝翱哭文天祥處。各高百米，巍然對峙，聳立江湄。高不（按，當爲『百』）餘丈。不知當時用幾許竿，釣得幾斤魚也。嚴翁嚴翁，即嚴光，字子陵。少有才氣，與漢光武帝劉秀是同學。劉秀稱帝後曾經徵召其爲諫議大臣，嚴子陵婉拒，隱居於富春江畔終老。無用，與此臺何異？然其壁立千仞，傲倪人主不顧，俊絕亦與石頭等矣。

遊盤山記

盤山（盤山，在今北京平谷與天津薊縣之間。盤山古名盤龍山、四正山、無終山。）外骨而中膚。外骨，故峭石危立，望之若劍戟羆虎之林；中膚，故果木繁。而松之抉石罅出者，嶔嶔（嶔嶔，原作『嶔嶔』，是當時的俗字。原指山勢崎嶇陡峻。此指松樹枝榦於險峻處盤曲糾結之狀。）蚪曲，與石爭怒，其幹壓霜雪不得伸，故旁行側偃每十餘丈。其面削，不受足；其背坦，故遊者可迂而達。其石皆銳下而豐上，故多飛動。其疊而上者，漸高則漸出，高者屢數十尋，則其出必半仄焉，若半圮之橋，故登者慄。其下皆奔泉，夭矯曲折，觸巨細石皆鬥，故鳴聲徹晝夜不休。

其山高古幽奇，無所不極，述其最者：初入得盤泉，次曰懸空石，最高曰盤頂也。泉莽莽行，至是落爲小潭，白石卷而出，底皆金沙，纖魚數頭，尾鬣可數，落花漾而過，影徹底，忽與之亂。遊者樂，釋衣，稍以足沁水，忽大呼曰奇快，則皆躍入，没胸，稍溯而上，逾三四石，水益嘩，語不得達。間或取梨李擲以觀，旋折奔舞而已。

懸空石數峰，一壁青削到地，石粘空而立，如有神氣性情者。亭負壁臨絕澗，澗聲上徹，與松韻答。其旁爲上方精舍，盤之絕勝處也。盤頂如初抽筍，銳而規，上爲窣諸波，（窣諸波，梵語『塔』。諸，多譯作堵。此指定光佛舍利塔，坐落于天津城北薊縣盤山主峰掛月峰頂。）日光橫射，影落塞外，奔風忽來，翻雲抹海，住足不得久，乃下。迂而僻，且無石級者，曰天門開。從髻石（髻石，盤山上地名，因形似盤在頭上的髮髻得名。）取道，闊以掌，山石一（按，或作『礙』）右臂，左履虛不見底，大石中絕者數。先與導僧約，遇絕巘處當大笑，每聞笑聲，皆膽落。捫蘿探棘，更上下僅得度。兩巖秀削立，太古雲嵐，蝕壁皆翠。下得枰石，方廣可几筵。撫松下瞰，驚定乃笑，世上無判命人，惡得有此奇觀也？

面有洞嵌絶壁，不甚闊，一衲攀而登，如獮猴。余不往，謂導僧曰：『上山險在背，肘行可達。下則目不謀足，殆已，將奈何？』僧指其凸曰：『有微徑，但一壁峭而油，不受履，過此雖險，可攀至脊，迂之即山行道也。』僧乃跣，蛇矯而（按，一作『足』）登，下布以縋，健兒以手送余足，腹貼石，石膩且外欹，至半體僵，良久足縮，健兒努以手從，遂上。追至脊，始咋指相賀，且相戒也。

峰名不甚雅，不盡載。其洞壑初不名，而新其目者，曰石雨洞，曰慧石亭。洞在下盤，道聽澗聲，覓之可得。石距上方百步，纖瘦豐妍不一態，生動如欲語，下臨飛澗，松鬣覆之如亭，寐可憑，坐可茵，間可侶，故慧之也。其石泉奇僻，而蛇足之者，曰紅龍池。其洞天成可庵者，曰瑞雲庵之前洞，次則中盤之後嶺也。其山壁窈窕秀出而寺廢者，曰九華頂，不果上，其刹宇多不録。寄投者，曰千像、曰中盤、曰上方、曰塔院也。千像、中盤、上方、塔院，都是寺院名。

其日爲七月朔，數得十。『朔，數得十』，從初一數起，數到十，即謂初十日。偕遊者曰蘇潛夫、小修、僧死心、寶方、寂子也。蘇潛夫，蘇惟霖，字雲浦，潛夫爲號，與作者爲至交。小修，作者胞弟袁中道的字。死心，袁文煒，字中夫，出家後名死心。寶方，一名圓象，後隨作者至公安，爲二聖寺住持。寂子，僧名，事蹟未詳。其官於斯而以舊雅來者，曰鍾刺史君威也。其不能來，而以書訊且以蔬品至者，曰李郎中酉卿也。

遊紅螺嶮記

紅螺嶮，分上、中、下三嶮，稱紅螺三嶮。位於周口店鎮黃山店村西北，東臨黃巖山，西倚上方山，是明清時期房山八景之一。所謂紅螺，是指當年在上嶮的紅螺洞裏有紅螺出現且放紅光，故名。

從葫蘆棚而上，磴始危，天始夾。從雲會門而進，山始巧始纖，水始怒，卷石皆躍。至鐵鎖灣，險始酷。從灣至觀音洞，仄而旋，奇始盡。山皆純鍔，鍔，刀刃。形容山形鋒利。劃其中爲二壁，行百餘步，則日東西變；數十步，則嶺背面變；數步則石態貌變矣。壁郛立而陰，郛，外城牆。形容石壁陡峭，像城牆般直立。陰，不見陽光。故不樹；瘦而態，故不膚，亦不頑。蛟龍之所洗滌，霜雪之所磨鏤，不工而刻，其趣乃極。

竇中多老衲，或居至八十餘不下，聞客至，則競出觀。導者曰：『老未見冠履也。』問爲青曹，青曹，指禪宗的青原宗、曹洞宗。則曰：『是余宗主。』笑而合其目，亦如余之見此山此石也。山中非採藥樵薪人不至，故不著。奇僻之士，遊小西天、上方者，日取道焉，而遺之睫前，是可歎也已。

滿井遊記

燕地寒，花朝節花朝節，即農曆二月十二日（部分地區爲二月十五日或十八日），是紀念百花生日的節日。後，餘寒猶厲。凍風時作，作則飛沙走礫，局促一室之內，欲出不得。每冒風馳行，未百步輒返。

廿二日，天稍和，偕數友出東直，東直，即今北京東直門。至滿井。滿井，明清時期北京東北角的一個遊覽地。明劉侗、于奕正《帝京景物略》卷一《滿井》謂『井高於地，泉高於井，四時不落』，故名滿井。高柳夾堤，土膏微潤，一望空闊，若脱籠之鵠。于時冰皮始解，波色乍明，鱗浪層層，清澈見底，晶晶然如鏡之新開，而冷光之乍出於匣也。山巒爲晴雪所洗，娟然如拭，鮮妍明媚，如倩女之靧面，靧面，洗臉。而髻鬟之始掠也。柳條將舒未舒，柔梢披風，麥田淺鬣淺鬣，此處形容新長出的麥苗如同動物鬃毛。寸許。遊人雖未盛，泉而茗者，罍而歌者，紅裝而蹇蹇，驢。此處作動詞，騎驢。者，亦時時有。風力雖尚勁，然徒步則汗出浹背。凡曝沙之鳥，呷浪之鱗，悠然自得，毛羽鱗鬣之間，皆有喜氣。始知郊田之外，未始無春，而城居者未之知也。

夫能不以遊墮事，而瀟然於山石草木之間者，惟此官也。袁宏道一五九八年至京，授順天府教授，第二年升爲國子監助教。而此地適與余近，余之遊將自此始，惡能無紀？己亥己亥，即萬曆二十七年（一五九九）。之二月也。

遊高梁橋記

高梁橋高梁橋，位於海澱區西直門外偏北半里左右。是北京西郊歷史上一座名橋，又稱高亮橋。在西直門外，京師最勝地也。兩水夾堤，垂楊十餘里，流急而清，魚之沉水底者，鱗鬣皆見。精藍棋置，精藍，佛舍。精，精舍。藍，即阿蘭若。原意爲樹林，後指僧人修行的寂靜之地。棋置，星羅棋布之意。丹樓珠塔，窈窕綠樹中。而西山之在几席者，朝夕設色以娱遊人。當春盛時，城中士女雲集，縉紳士大夫非甚不暇，未有不一至其地者也。

三月一日，偕王生章甫、僧寂子出遊。時柳梢新翠，山色微嵐，水與堤平，絲管夾岸。趺坐古根上，茗飲以爲酒，浪紋樹影以爲侑，魚鳥之飛沉，人物之往來，以爲戲具。堤上遊人，見三人枯坐樹下若癡禪者，皆相視以爲笑。而余等亦竊謂彼筵中人喧囂怒詬，山情水意，了不相屬，于樂何有也！少頃，遇同年黄昭質拜客出，呼而下，與之語，步至極樂寺極樂寺，位於海澱區東升鄉五塔寺東約五百米處，臨高梁河。據記載，極樂寺的國花堂明朝時是觀賞牡丹的好去處。觀梅花而返。

抱甕亭記

伯修伯修，即袁宏道的長兄袁宗道（一五六〇—一六〇〇），字伯修，號玉蟠，又號石浦。『公安派』的發起者和領袖之一，與弟宏道、中道并稱『三袁』。寓近西長安門，有小亭曰抱甕，伯修所自名也。亭外多花木，正西有大柏六株，五六月時，涼蔭滿階，暑氣不得入。每夕陽佳月，透光如水，風枝搖曳，有若浪紋，衣裳床几之類皆動。梨花二株甚繁盛，開時香雪滿一庭。隙地皆種蔬，瓜棚藤架，菘路韭畦，宛似村莊。小奴青泉負甕，白石注水，日夜澆灌不休，面貌若鐵。稍暇，則相與宴息樹下，觀其意，殊樂之，無所苦。凡客之至斯亭，睹夫枝葉之蓊鬱，乳雀之哺子，野蛾之變化，胥蝶之遺粉，未嘗不以爲真老圃也。

而是時伯修方在講筵，講筵，講經、講學的處所。此處特指天子的經筵。先雞而入，先雞而入，在天亮之前就去工作。古以雞鳴謂天亮之前。每下直下直，結束當值，即下班。之時，眼中芒生。眼中芒生，形容困乏時眼睛酸澀的感覺。稍一假寐，而中書催講章者中書催講章者，中書官派來催要講義的人。又已在門。頭膠枕上，欲起不得，兒童以熱水拭面，乃得醒。看書如在霧中，嘗自笑以爲不若青泉、白石者之能有此圃也。宏初入亭甚適，既見兄勞頓，心竊苦，已而愀然曰：『此余師焦先生焦先生，即焦竑（一五四〇—一六二〇），明代著名學者。字弱侯，號漪園、澹園，江寧（今江蘇南京）人。善寫古文，家中藏書豐富，又喜著書，著作甚豐。之舊居也。』當余初第時，攝衣屏息，傴僂門屏下，與諸弟子問業於此者，不知其幾。屐齒之跡，猶在門限。卷硃未燥，而先生已爲遷客。羊腸路險，吾末如何？蓋宏返覆於此，而知伯修之寄意深、詞旨遠也。伯修殆將歸矣。

文漪堂記

余既僦居東直之房，潔其廳右小室讀書，而以徐文長徐文長，即徐渭（一五二一—一五九三），山陰人。初字文清，後改字文長，號天池山人，明代文學家、書畫家、軍事家。所書『文漪堂』三字扁扁，即『匾』，當做匾額懸掛。其上。或曰：『會稽，水鄉也，今京師囂塵張天，白日茫昧，而此堂中無尺波寸沼之積，何取於漣漪而目之？』居士笑曰：『是未既水之實者也。夫天下之物，莫文於水，突然而趨，忽然而折，天回雲昏，頃刻不知其幾千里。細則爲羅縠，羅縠，一種疏細的絲織品。旋則爲虎眼，虎眼，形容旋轉的水波紋。注則爲天紳，天紳，自天垂下之帶。多形容瀑布。立則爲岳玉。岳玉，波濤卷起如山如玉。矯而爲龍，噴而爲霧，吸而爲風，怒而爲霆。疾徐舒蹙，奔躍萬狀。故天下之至奇至變者，水也。夫余水國人也。少焉習于水，猶水之也。已而涉洞庭，渡淮海，絕震澤，放舟嚴灘，探奇五泄，極江海之奇觀，盡大小之變態，而後見天下之水，無非文者。既官京師，閉門構思，胸中浩浩，若有所觸。前日所見澎湃之勢，淵洄淪漣之象，忽然現前。然後取遷、固、甫、白、愈、修、洵、軾諸公之編而讀之，而水之變怪，無不畢陳於前者。或束而爲峽，或回而爲瀾，或鳴而爲泉，或放而爲海，或狂而爲瀑，或匯而爲澤。蜿蜒曲折，無之非水。故余所見之文，皆水也。今夫山高低秀冶，非不文也，而高者不能爲卑，頑者不能爲媚，是爲死物。水則不然。故文心與水機，一種而異形者也。夫余之堂中，所見無非水者。江海日交於睫前，而子不知。子則陋矣，余堂何病焉？』

崇國寺遊記

時己亥己亥，即萬曆二十七年（一五九九）。之上巳日也。先是期伯修、昭素、升伯修禊西門外水邊，以風沙作，遂止崇國寺。崇國寺，即今北京護國寺，是北京八大寺廟之一，始建於元代。又稱西寺，與東寺隆福寺相呼應。而是日王章甫與三弟適會文於此，酣笑竟日，皆相視以爲春來第一醉也。寺僧引觀姚少師姚少師，即姚廣孝（一三三五—一四一八），元至正十二年（一三五二）出家爲僧，法名道衍，字斯道，自號逃虛子。蘇州長洲縣人。明成祖朱棣爲燕王時的謀士、靖難之役的主要策劃者。像，姿容瀟灑，雙睛如電光之爍。《像贊》蓋本色衲子語，少師自題也。過番僧舍，觀曼殊諸大士變像，變像，一作『變相』。敷演佛經的內容而繪成的具體圖相。一般繪製在石窟、寺院的牆壁上或紙帛上，多用幾幅連續的畫面表現故事的情節。藍面豬首，肥而矬，遍身帶人頭，有十六足駢生者，所執皆兵刃，形狀可駭。僧言烏斯藏明代稱西藏爲烏斯藏。所供多此像，因談彼國風俗，及道里險遠之狀。大率烏斯藏諸國，以中國最下茶爲國寶，市物皆用之，黃白金反滯不得行。國無稻，所食皆麥菽。數十里一君，如中國之郡邑然，僻陋儉苦之鄉也。時伯修、昭素以詰旦上直先去，余等談《易》至丙夜，鋒穎疊出，幾不欲歸。以從者夜寒待久，不得已乃還。

良鄉三教寺記

庚子八月，庚子八月，明萬曆二十八年（一六〇〇）。余以使事過良鄉，遲三弟中道不至，寄居東關外。偶同客步小石岡，過塔灣村，塔灣村，即塔窪村。店四十餘家，墟煙盡處，碧瓦參差。路人曰：『三教寺也。』遂扣扉，良久，履聲則則從內出。一僧面臞而黝，髮寸餘不剪，對客語甚健。問之，曰：『江夏僧體空也。』余因謂：『荒街絕侶，飛埃蔽道，馬驢丁丁之聲，窮晝夜不絕，喧囂荒惡。奈何庵此？』僧曰：『余本行腳老頭陀。自入燕來，晝則挾冊講肆，夜則牆間樹下，剪爪無工，何暇謀室？憶往歲曾與數開士開士，菩薩，此處指高僧。道出此鄉，饑渴困乏，風霰交至，乃至求一盂飯不得，求一椽地暫止亦不得。饑瘡內逼，寒鬼外虐，酸苦之際，此願勃發。僧自是乞得一笠地，編茶棚半間，以待十方衲子。七八年間，賴諸侍中大檀大檀，對施主的美稱。之力，遂成精藍。北參南詢之侶，至者如歸；官郵之使，絡繹於門。湯茶之供無寧晷，轆轤之聲從鳴雞達丙夜不休。此山僧藉手諸檀信檀信，對施主的美稱。之惠，以了行腳一念者也。地之喧寂，不暇計也。』

余周視殿廡禪室僧廊，備體而微，凡叢林叢林，僧人聚居場所。中所宜有者，無不具。因歎曰：『賢哉僧也！使天下之爲僧者皆如汝，天下之爲儒與道士者皆如汝，郡邑之中，剎宇相望，貯廩以待饑，空室以伺往來，仁讓相先，貧富相助，何至使凶年有溝壑之民，有司持籌持籌，手持算籌，此處指分配錢糧救凶年之災。輾轉不及也？今道士之纖嗇纖嗇，即慳吝，吝嗇。不足論。余儒者也，一錢不與，文曰儉德，但懼傷惠，不恤傷忍；懷市井錐刀之心，背先聖立人之教。溝中之瘠，寧復掛念？嗟乎，余之愧汝多矣！』體空名某。檀信名例書碑陰，不具載。

入東林寺記

江州半日程，抵東林。東林，即東林寺。位於廬山西麓，因處於西林寺以東，故名。建於東晉太元九年（三八四），爲廬山上歷史悠久的寺院之一。是佛教浄土宗的發源地。石路縈折，然猶未當山足。遠公遠公，即慧遠（三三四—四一六），俗姓賈，雁門樓煩人。初學儒家和老、莊，後入廬山住東林寺，領衆修道。曾與劉遺民等人在阿彌陀像前立誓，專修『浄土』之法，以期死後往生西方。故後世浄土宗尊爲初祖。奥而庵之，宗、雷、陶、謝，宗、雷，宗炳、雷次宗。陶、謝，晉末南朝宋初詩人陶潛、謝靈運的并稱。疊足而崖竇之，雖微佳山水，固已心折。殿前藕池，耘爲稻畦，數年前忽秀白蓮一枝，妄意六時堂六時堂，佛門。六時，指晝夜六時。即晨朝、日中、日没（以上三時爲晝）、初夜、中夜、後夜（以上三時爲夜），又作平旦、日正中、日入、人定、夜半、雞鳴。中人，當有來者，此一時也。茶竟，聽泉石上，遇其泓則漱，嶼則坐。不覺至西林。時微雨，山色爲雲所扃，稍露半髻。獨下雉諸巒，晴霞如彩，光射澄湖，冶波鱗鱗，西望良久乃去。

雲峰寺至天池寺記

雲峰寺廬山雲峰寺，在錦澗橋北約一里，現已無存。而上，道愈巇，巇，同『巇』。高聳險峻。青崖邃谷，匝疊而行。絮而黏屨者曰雲，幽咽而風弦者曰澗。獨石而梁，一絲百尺，下臨千仞者，曰錦澗橋。縹紅縈碧，蜿蜒而導者，曰九疊屏。九疊屏一名九旗峰，指現稱之爲天池峰起自西南略向東北一溜兒排開的九座山峰。南臨五老峰，北傍麻姑崖，懸崖削立，高峻挺拔，儼然天然屏障，故名九疊屏，亦稱屏風疊。怒而兀忽，如悍夫之介而相怖者，曰鐵船峰。數里一息，芟崖而亭之者五。路崯嶔，削杖而躋，遇泉則捲葉以酌。過試心石，望竹林寺後户，泉韻木響，皆若梵唄，乃拜。亭盡，梵刹出，上霄諸峰上霄峰，在廬山東南。障而立，猶在天半。佛廬甚華整，覆以鐵。一溪漲綠，泠然階下。稍定，乃上文殊臺，俯盤鷹見背，千頃一杯。少焉，雲縷縷出石下，繚松而過，若茶煙之在枝，已乃爲人物鳥獸狀，忽然匝地，大地皆澎湃。撫松坐石，上碧落而下白雲，是亦幽奇變幻之極也。走告山僧，僧曰：『此恒也，無足道。』

佛手巖至竹林寺記

越石阜，度顛仙碑亭顛仙碑亭，在廬山。朱元璋爲紀念周顛，在此建一石亭，名爲『御碑亭』。亭内矗立一塊大碑石，碑上鐫有《周顛仙人傳》及朱元璋寫的《顛仙詩》。東下，爲佛手巖。唐末僧人行因在此修行，因仙人洞石頂巖石横出似平覆佛手，故名之佛手巖。石參差而出，如凍雲之覆，其溜爲泉，折而行，壁愈峭。洗苔觀竹林寺額，扣石長嘯，妄意其中有長眉皺膚其人者，聞余嘯而出，庶幾遇之，攬其袂而去，不可得。既而笑曰：『羅漢可遇，劉蒼鷹家狗乃齧其血，何必竹林寺前也。』

余夢中屢感異景。嘗夢至一山，純玉，峰棱棱如珂雪。聖僧導余入，小修從山壁直度，不鍔（按，當作『鍔』，形近致訛）鍔，音義不詳。『鍔』，同『堮』，界限（地面凸起成界劃的部分）。亦不礙。壁盡，石匝空而城，廣博嚴整，遍鏤調御菩薩像。忽空中呼曰：『善才至！』貌可二十許。又呼曰：『二童子至！』嬰然兩孺也。又嘗夢過村居三官塚者，數峰歷歷，如以翡翠堆疊成，樹皆滑碧無葉，瑩若青珊瑚。趨而近，見洞，峰稍稍没。余驚怪，忽見一黄羅幕，發之，諸峰見。一僧手梵夾坐，謂余曰：『此清涼近境也，盍偕往？』余踴躍馳，呼二修二修，即小修，袁中道。俱。道旁立長耳，長耳，驢的别稱。跨之，駛將至洞，聖僧坐飛梟出，大如鸛鶴，指余所跨者曰：『是亦能翔。』言既，肉翅張，忽數鳳盤旋從洞口出，光彩爍地，若有俟者。二修至，逡巡欲上，而雷聲發於簷，遂驚起。噫，余安知兹遊之不爲夢也！并記之。

由捨身巖至文殊獅子巖記

野性癖石。每登山，則首問巉巖幾處，骨幾倍，膚色何狀。行莊途數十步，則倦而休，遇巘巇轉快，至遇懸石飛壁，下蹙無地，毛髮皆躍，或至刺膚躓足，而神愈王。王，同『旺』。觀者以爲與性命衡，殊無謂，而余顧樂之。退而追惟追惟，亦作『追維』。追憶，回想。萬仞一髮之危，輒酸骨，至咋指以爲戒，而當局復跳梁不可制。

宿天池之再晨，觀捨身巖。巖石偃而出，孤搴絶壑，一旦遂冠諸巖。而山中一少年僧稍解意，云其下有兩巖石更遒。旁僧遏之曰：『徑迂且仄，不受屨。』余大笑，趣之行。從舊道折而下，得支徑，剪蘿躍澗中石，捫絶壁，更上下，得文殊巖。一壁皆怒石，砰躍空出。坐候泉熟，泉熟，水開。試厓茶。厓茶，即石崖茶。又名石巖茶、石山茶。因生長在懸崖上而得名。良久，俯危磴，更數盤，得獅子巖。石骨拗折，頹放已出，互相壓，而少遜避者，遂爲庵址。

鐵船峰當其面，紫鍔紫鍔，青色的山脊。凌厲，兀然如悍士之相撲而見其骨，及鬥困力敵不相下，則皆危身卻立，摩牙裂髭而望。大約三巖皆以純骨及面峰峭削勝。而獅子巖最下，下不極，則石之怒不盡。鐵船之高，不能凌捨身巖而上，而獅子仰視其顛，巖與奇適相值。溪澗近，則鳴悲激而石始活，獅子巖皆據其勝，是爲天池之絶景。君子之至於斯也，或未之見也，然路實不甚巇。遊者既不索，而山僧畏冠蓋，唯恐去之不速，是以不顯。余何幸得之？

高僧遍融遍融，即遍融真圓（一五〇六—一五八四），明代高僧。嘗庵獅子下三年，正其入悟之始。每横一棒坐巖口，行脚來則棒出之，竟無酬其機者。融公去，石落，址遂塞。巖之左存小室，梯而度，然荒寂甚，僧亦無復居者矣。

由天池逾含嶓嶺至三峽澗記

當余初趨江州時，謫仙之飛瀑，小蘇之三峽澗，小蘇之三峽澗，宋人蘇轍有《棲賢寺記》描繪三峽澗景象。三峽澗在五老峰西。含鄱口東西九十幾條大小川流都注入三峽澗，水勢湍急，洶湧騰躍，險如長江三峽。已奔注吾胸，如與闊友期。將至，測焉眄綦履之聲，喜其近而翻虞其滯。方過琵琶亭，琵琶亭，位於今九江市長江大橋東側，面臨長江，背倚琵琶湖。亭名由白居易《琵琶行》而來。問輿人三峽澗何在？皆曰不聞，山極於天池而已。至東林則問東林僧，僧曰：『聞之，然在星郡。』星郡，即今星子縣。位於贛北，背廬山，面鄱陽湖。問其道，不知也。忽天池書記僧來迎，首舉以問，僧曰：『有路而削，從含嶓嶺含鄱嶺，在廬山半山腰。嶺南爲含鄱口，山勢險峻，其狀若欲吞食鄱陽湖，故名。達。』問其程，曰：『可四十里。』問：『嘗至否？』曰：『聞老僧言其略，實未至也。』余笑曰：『爾導我遊此山盡，當挾爾去。』

凡七日而窮其勝，遊竟，挾客行。歷層巒，面壁而上，數息，登含嶓之巔。長江泛瀲，濁波一線，嶓湖清澈如片照，細見帆影。湖中諸巒，或如蝕翠，或如砂斑之凸起。圓蒼所覆，目與之際，絲棼黍積，尺吴寸楚。少焉霧作，長風卷湖而來，心怖乃下。石削而無級，勢若走阪，不能自止，山程三十里，不當一長亭一長亭，指十里。秦制三十里一傳，十里一亭。地。山趾平，乃輿，數步一疊，錯行阡陌間。頃之，至棲賢棲賢寺，廬山五大寺院之一，在五老峰下，南朝齊參軍張希之建。廢址。山中人指緑疇而坦者，曰故殿基。石澗汩汩流，從徑左折，得玉淵潭。澗水奔流而下，輾轉與大石觸。方怒，忽得平石，霤瀉數十丈，底規而末垂，水得盡泄其屢張屢折之氣，遂悍然不顧，厲聲疾趨，而石鬥疊，忽落爲潭。水勢不得貼石，則架空懸注，斜飛十丈餘而後墜，虹奔電落，響震山谷間。潭面皆膩石，稍縱足則溜，其極無底。觀者皆目眩毛豎，不敢久立。

沿澗而疊數折，得三峽橋。三峽橋，又稱觀音橋，原稱棲賢橋，爲中國最古老的石拱橋之一。橋堅緻雄麗，其下清崖可席，相與酌泉而坐。稍定，沿溪行。巨石巍怪，或眠或立，湍水撼之，一澗皆咷號砰激，嶼毛沚草，咸有怒態。當其橫觸洶湧，雖小奚亦瞋目佇視，如與之鬥。忽焉石遜，涓然黛碧，觀者亦舒舒與與，不知其氣之平也。余私以語客，歷試之良然，乃大笑。五老峰壓疊而下瞰，如與澗爭道。一日之中，耳窮於鳴泉，目眩於幽碧，舌燥於叫愕，踵蹇於促曳，是亦天下之至觀也。偕遊者倦甚，枕流水卧，而暮色欲來，以水濺之，亦不起。山僧設茗供一杯，乃行。

開先寺至黃巖寺觀瀑記

廬山之面，在南康，南康，在江西省南部，居贛江上遊、章江中下遊，毗鄰贛州市中心城區，因『地接嶺南，人安物阜』而得名。數十里皆壁。水從壁罅出，萬仞直落，勢不得不森豎躍舞，故飛瀑多，而開先開先，即開先寺，在廬山南麓，南唐中主李璟創建。清康熙年間改名秀峰寺。爲絕勝。登望瀑樓，見飛瀑之半，不甚暢。沿崖而折，得青玉峽。峽蒼碧立，匯爲潭，巨石當其下，橫偃側布。瀑水掠潭行，與石遇，齧而鬥，不勝，久乃斂狂斜趨，浸其趾而去。遊人坐石上，潭色浸膚，撲面皆冷翠。

良久月上，枕澗聲而卧。一客以文相質，余曰：『試扣諸泉。』又問，余曰：『試扣諸澗。』客以爲戲。余告之曰：『夫文以蓄入，以氣出者也。今夫泉，淵然黛、泓然靜者，其蓄也；及其觸石而行，則虹飛龍矯，曳而爲練，匯而爲輪，絡而爲紳，激而爲霆。故夫水之變，至於幻怪翕忽，無所不有者，氣爲之也。今吾與子歷含嶓，涉三峽，濯澗聽泉，得其浩瀚古雅者，則爲六經；鬱激曼衍者，則騷賦；幽奇怪偉，變幻詰曲者，則爲子史百家。凡水之一貌一情，吾直以文遇之。故悲笑歌鳴，卒然與水俱發，而不能自止。』客起而謝。

次日晨起，復至峽，觀香爐紫煙，香爐紫煙，指廬山香爐峰上的煙霧。心動。僧曰：『至黃巖之文殊塔，瀑勢乃極。』杖而往，磴狹且多折，芒草割人面。少進，石愈嶔。白日蒸厓，如行熱冶中，微聞諸客皆有嗟歎聲。既至半，力皆憊，遊者昏昏愁墮，一客眩思返。余曰：『戀軀惜命，何用遊山？且而與其死於床第，孰若死于一片冷石也？』客大笑，勇百倍。頃之，躋其巔，入黄巖寺。黄巖寺，在雙劍峰東麓，爲唐代名僧智常禪師於八一三年創建，以附近之黄巖石而命寺名。白居易、范仲淹、袁宏道、徐霞客、康有爲等曾有詩詠或遊記。少定，折而至前嶺，席文殊塔觀瀑。瀑注青壁下，雷奔海立，孤搴萬仞，峽風逆之，簾卷而上，忽焉横曳，東披西帶。

諸客請貌其似。或曰：『此鮫人鮫人，即中國古代傳説中的人魚。輸綃圖也。』余曰：『得其色，然死水也。』客曰：『青蓮詩比蘇公《白水佛跡》孰勝？』余曰：『太白得其勢，其貌膚；子瞻得其怒，其貌骨，然皆未及其趣也。今與客從開先來，欹削十餘里，上爍下蒸，病勢已作。一旦見瀑，形開神徹，目增而明，天增而朗，濁慮之縱横，凡吾與子數年陶汰猶淘汰。而不肯净者，一旦皆逃匿去，是豈文字所得詮也！』山僧曰：『崖徑多虎，宜早發。』乃下。夜宿歸宗寺。歸宗寺，在廬山腳下。原爲王羲之别墅，後贈與一西域僧人爲寺，名歸宗寺。次日過白鹿洞，白鹿洞，在廬山東北，原爲唐人李渤隱居讀書處，後辟爲書院。李渤隱居時常有一白鹿相隨，故以白鹿名此地。觀五老峰，逾吴障山而返。

識廬山記後

登廬山之日，曰庚子六月朔。庚子六月朔，即明萬曆二十八年（一六〇〇）六月初一。據考證，袁宏道此時尚在北京，實際遊廬山的時間當爲萬曆二十九年（一六〇一）。窮覽十日，足不停屨，奇奧略見記中。遊而未入記者，曰大林寺、萬杉寺、金竹坪、黃龍潭、赤腳塔、火場、慈雲嶺、三塔庵、水口庵、衆僧塔、講經臺、烏龍潭、獅子林、青林、月天靜室、浄業堂、白雲林、擲筆嶺。遊而未果者，曰康王谷、三疊泉。偕遊者曰漢陽王章甫，僧寶方、明空，程生。地主爲德化令楊君，楚人，甚賢。尾而至，不及上山，遇於潯陽舟中者，曰僧無念。其以使事竣，舟行偕諸公遊，且敘其事者，曰石公袁子也。

遊德山記

甲辰夏月，甲辰夏月，萬曆三十二年（一六〇四）夏。余與衲子寒灰、冷雲、雪照及居士張明教、小僧習之、弟小修習靜荷葉山中，約以秋涼入德山。德山，在常德武陵縣，道教七十二福地中的第五十三福地。至八月初旬，暑氣微減，小修入黄山。黄山，爲公安縣西的黄山，非安徽黄山。余適有便舟，遂偕諸衲行。十四日，發舟孟溪，十五夕，看月馬湖。湖與洞庭接，水光千里，生平看月，此爲雄快。

十七日晨，抵德山潭下。江上望山如卷石，微見菁林。已，薄岸行，得委巷，崖緑翳日。有丘焉，如覆鐺，樹蔽之，根獰獰若瘦臂。拏石而上，兩巒之凹爲澗，前則茉莉夫人鬼宫道茉莉夫人鬼宫磨，德山佛教文化遺跡。茉莉夫人，即摩利天所稱鬼子母，相傳夫人曾在此以磨磨面供養大衆。也。塔院踞澗後，負高峰而面層壁，蔥菁多古樹。院内外皆田，兩巒相讓而卻，初讓爲澗，再爲院爲田，最後讓益甚，地益坦，兩山之勢益張，遂爲佛廬。入門多古杉柏，殿堂高廣，像設亦奇大，辟如阿房舊址，見者知其非漢以後帝王居也。從殿脅而右，多美箭，箭，代指竹子。幽崖相蔽。折而上，即峰頂。頂有善卷善卷，相傳爲堯舜時隱士，他辭官歸隱枉山，德播天下。壇，崖桂盛開，芳香襲一山。數敞宇架其上，敗人意，幾欲下，而瞰壇上光景，意勃勃。從烈日下望，望復避，避復往，山翠水光，匝而繪之，使有佳士撤其冗室，間爲亭榭軒楯，楯，欄杆的横木。軒楯，有欄杆的長廊。固德山一絶景也。然山中勝處，山僧多不到，到亦不解。余與諸衲遍覓諸奇，如三桂林之幽敞可室，青蓮舍左崖可亭，法堂西之小静室多方竹處可榭可閣。無論幽邃静勝，其間百圍之樟，尺圍之篁，亦非他處所有也。山後面陽山，有地空闊，河流漲其前，直見雉堞田廬，煙嵐疊波而出，葺而廬之，可置叢林。使德山法道（德山宣鑒，唐代高僧。俗姓周，簡州（今四川簡陽縣西北）人。懿宗咸通初，應邀住朗州（今湖南常德）德山，從學者甚衆，時稱德山和尚。嘗以棒打其徒的方式促其悟道，是成語『當頭棒喝』的由來。法道，指佛法之道。）再興，當不能舍此爲僧郵也。

入德山二日，登覽略盡，兩龍君（兩龍君，指袁宏道的友人龍襄、龍膺兩兄弟。）載酒來飲，極歡，盡三日夜乃罷。別後暑氣大作，遂坐山中與諸衲極談，慶快無量。至九月六日始入城，詣兩龍君。蓋此山乃鑒大師（鑒大師，即德山宣鑒禪師。）舊戰場，風柯水音，爭爲敷演，瞻其遺像，不覺鋒穎之頓利也。兩龍君者，長君超孝廉，次君御民部，與余兄弟有宿好，奇士也。

由河洑山至桃源縣記

余既謝兩龍君，將解維，解維，即解開纜繩出發。維，纜繩。而君超忽來，盛稱花源花源，『桃花源』的省稱。宏道約在明萬曆三十二年（一六〇四）同友人遊覽常德一帶山水。一帶之勝。余曰：『此名跡，不必佳山水，固佳也。』遂命舟，逆而上，君超從陸，是夕會於河洑山。次日重九，登高茲山之顛，溪邊兩霞石，映綠潭甚麗，下而席之，迫午乃行。夜泊桃源縣，山光散目，溪水激魚梁魚梁，一種捕魚裝置，用木、竹或石塊横截水流，中留缺口使魚類落網。甚怒。起步學宮學宮，出現於西周時期，原爲周天子教授王家和貴族子弟的場所，後來逐漸成爲官辦學校的名稱。前，石砌百尺，平滑如水，月光照之，光景景，通『影』。清澈，樓閣闤闠，闤闠，街市，街道。吞煙吐霧，是亦山縣之絶勝也。夜中與諸衲閑譚。譚，同『談』。余生長水鄉，百里無片石，見似丘者而喜矣，是邑何緣，偏占丘壑，豈山水報緣，亦有定業邪？諸衲不對，乃就枕。

由淥羅山至桃源縣記

江上望淥羅山淥羅山，又名綠蘿山，在桃源縣西南十五里處。江是沅江，由貴州入湖南，經桃源山綠蘿山而入洞庭湖。綠蘿山在沅江東岸，桃源山在桃源縣西南二十里。如削成，頹嵐峭綠，疑將壓焉。從此一帶，山皆飛舞生動，映江而出，水縹綠見底。至白馬江，沅江經綠蘿山名綠蘿江，經桃源山名白馬江。山益夾，水益束。雲奔石怒，一江皆飛沫，是爲浪光之天。道家稱綠蘿山爲道家四十二洞天，名浪光之天。山南即避秦處。上桃花溪百步，從間道出後嶺，玄武宮其巔。宮甚敞，道士迓於門，指數奧僻處曰：某丹臺，某瀹鼎池。余愛戀山色，苦不欲記之。有碑焉，苔蘚剥落，不可讀。道士閉目莊誦，如快小兒課《魯論》，不覺失笑。趨而出，見道旁古松，偃蹇有異態，爲之卻行。又數折，得桃花觀，從左腋左腋，義同『左掖』，宮城正門左邊的小門。道入，竹路幽絶。一黄冠簪筍皮，黄冠，道士之冠。借指道士。簪，戴。筍皮，即筍皮冠。白須照兩顴如紅霞，疑其異人。余肅冠裾，將揖之，未數步，騶騶，同『趨』。而前。余笑益不止。偕遊者以余爲暴得佳山水，會心深也。觀周遭皆層峰，淡冶入繪。觀前爲馳道，車塵馬足，略無歇時。截馳道而南，入桃花洞，無所有，唯石磴百級，蒼寒高古，若有人焉，而不可即。

余讀《瞿童記》唐符載《黄仙師瞿童記》。有云：『偶造佳地，見雲氣草木，屋宇飲食，使人澹然忘情，不樂故處。』此與竹林、方廣何異？蘇子瞻泥於殺雞一語，遂以爲青城菊水之類，兩句言子瞻拘於陶淵明《桃花源記》中有『設酒殺雞作食』句，故云桃源洞非仙境，其中住人，不過若青城老人村和南陽飲菊水而壽者，非仙境也。而袁宏道意爲桃源洞乃隔世仙境，故陶淵明隱於此。至韓退之、洪景盧益不足道矣。言韓、洪二人對《桃花源記》的見解還不如蘇軾，更不足論。甚矣夫，拘儒之陋也！出洞已昏黑，是夜遂宿水溪，去洞二里許。

由水溪至水心崖記

曉起揭篷窗，山翠撲人面，不可忍，遽趣趣，同『促』，催促。船行。逾水溪水溪：在湖南桃源縣南桃花洞附近。十餘里，至沙蘿村。沙蘿村：在桃源西南的沙蘿山下。四面峰巒如花蕊，纖苞濃朵，横見側出，二十里内，秀蒨閣眉，蒨，古同『茜』，茜草。閣，通『擱』，放置。殆不可狀。夫山遠而緩則乏神，逼而削則乏態。余始望不及此，遂使官奴息譽於山陰，官奴，東晉書法家王獻之小字。他曾經以『從山陰道上行，山川自相映發，使人應接不暇。若秋冬之際，尤難爲懷』讚美山陰道上的風景。夢得悼言於九子也。夢得，唐代詩人劉禹錫的字。九子，即九華山。劉禹錫在《九華山歌序》中説：『昔予仰太華，以爲此外無奇；愛女几、荆山，以爲此外無秀。及今見九華，始悼前言之容易也。』又十餘里至倒水巖，倒水巖，在桃源西南。巖削立數十仞，正側面皆霞壁，有竇八九，下臨絶壑。一竇懸若黄腸黄腸，以柏木黄心做的外棺。黄腸本謂柏木之心。柏木心黄，故稱。省作『黄腸』。者五，見極了了。問山中人，云有好事者乘漲倚艦，令健夫引絙而上，至則見有遺蜕，沉香爲棺。其言不可盡據。然石無寸膚，雖猿猱不能攀，不知當時何從置此。

又半里至漁仙寺，漁仙寺，在桃源西南。寺有伏波伏波，東漢光武帝時期的伏波將軍馬援。他曾南征交趾掃平叛亂。避暑石室，是征壺頭壺頭，山名，在今桃源與沅陵交界處。東漢時五溪蠻據此。時所鑿，餘竇歷歷如僚幕。寺幽絶，左一小峰拔地起，若盆石，尖秀可玩。江光岫色，透露窗扉間。一老僧方牧豕，見客不肅。問幾何衆，曰：『單丁無徒侶。』相與咨嗟而去。又數里至穿石。穿石，山名，在桃源西南。石三面臨江，鋒棱怒立，突出諸峰上，根鋭而卻，末垂水如照影，又若壯士之將涉，石腹南北穿，如天闕門，天闕門，皇宫門外兩闕之間的通道。高廣略倍，山水如在鏡面，繚青縈白，千里一規，真花源中一尤物也。一客忽欬，有若甕鳴，余因命童子度吴曲。客曰：

『止止，否則裂石！』頃之，果有若沙礫墮者。

乃就船，又十餘里，至新湘溪。新湘溪，又名清湘溪，在桃源西。衆山束水，如不欲去，山容殊閒雅，無刻露態。水至此亦斂怒，波澄黛蓄，遞相親媚，似與遊人娱。大約山勢回合，類新安江，新安江，發源於安徽南部，向東南流至浙江建德，匯入錢塘江。而淡冶相得，略如西子湖。如是十餘里，山色稍獰，水亦漸洶湧，爲仙掌崖。仙掌崖，在新湘溪西邊。又數里，山舒而畦見，水落而灘見，爲仙人溪。仙人溪，又名闞溪、千人溪，在桃源西。既迫夜，舟人畏灘聲不敢行，遂泊於灘之渴石上。渴，乾涸。渴石，水落以後露出的石頭。灘皆石底，平滑如一方雪，因命小童烹茶石上。

次早舟發，見水心崖水心崖，在桃源西南沅江中。如在船頭，相距纔里許。榜人榜，原爲船槳。榜人，船夫。踴躍，頃刻泊崖下。崖南逼江岸，漁網溪漁網溪，又名怡望溪，均爲夷望溪之訛音，爲沅江支流。兩水匯合處有夷望山（即水心崖）聳立水中。横齧其趾，遂得躍波而出。兩峰骨立無寸膚，生動如欲去，或鋭如規，或方如削，或欹側如墜雲，或爲芙蓉冠，芙蓉冠，道冠。相傳爲衛叔卿見漢武帝時所戴。或如兩道士偶語，意態横出。其方者獨當溪流之奥，奥，通『澳』。遒古之極。對面諸小峰亦有佳色，爲之佐妍。四帀皆龍湫，深緑畏人。崖頂有小道房，路甚仄，行者股栗，數息乃得上。既登舟，不忍别，乃繞崖三匝而去。

石公曰：『遊仙源者，當以渌蘿爲門户，以花源爲軒庭，以穿石爲堂奥，以沙蘿及新湘諸山水爲亭榭，而水心崖乃其後户云。大抵諸山之秀雅，非穿石、水心之奇峭，亦無以發其麗，如文中之有波瀾，詩中之有警策也。』君超又爲余言，靈巖及諸山之幽奇甚多，要余再來，余唯唯。他日買山，當以此中爲第一義也。

華山記

凡山之名者，必以骨率不能倍膚，得三之一，奇乃著。表里純骨者，唯華爲然。骨有態，有色。黯而濁，病在色也；塊而獰，病在態也。華之骨如割，雲如堵碎玉，天水煙雪，雜然綴壁矣。方而削，不受級，不得不穴其壁以入。壁有罅，才容人，陰者如井，陽者如霤。霤，指屋簷下接水的長槽。如井者曰㠉，㠉，山谷。曰峽，如霤者曰溝，皆斧爲銜，銜，原指馬嚼子。此處指石壁上鑿出的淺坑。以受手足，銜窮代以枝。受手者不没指，受足者不盡踵。鐵索累千尋，直垂下，引而上，如粘壁之鼯。鼯，鼯鼠。壁不盡罅，時爲懸道巨巒，折折相逼，若故爲亘以嘗者。横亘者綴腹綴腹，收腹。倚絶厓行，足垂磴磴，山路的石級。泛指石頭臺階。外，如面壁，如臨淵，如屬垣，屬垣，靠牆。撮心於粒，焉知鬼之不及夕也。長亘者搦其脊，匐匍進，危磴削立千餘仞，廣不盈背，左右顧皆絶壑，唯見深黑，吾形壘壘然如負甕，自視甚贅。然微風至，摇摇欲落，第恐身之不爲石矣。

夫人所憑仗者手足，而督在目，方其在罅，目著暗壁，升則寄視於指也，降則寄視於踵也，目受成焉耳。罅盡而厓，目乃爲祟，眩于削爲栗，眩於深爲掉，眩於仄爲喘，愚者不然，心不至目故也。今乃知嶮之所以劇矣。余衣不蔽腰，下著窮褲，窮褲，一種前後有襠的縛帶褲。見影乃笑。登厓下望，攀者如猱，側者如蟹，伏者如蛇，折者如鷁，山之巇嶔巇嶔，山險貌。乃至此，自恨無虎頭虎頭，指東晉畫家顧愷之，字長康，小字虎頭。寫真筆也。

逾仙掌壁，折入石衚，北旋上，石滑而不級，爲東峰；過坪躡厓，道尊持而中斷，爲南峰；度峰足蜿蜒上，石葉上覆而横裂，爲西峰；南峰踞兩峰之上，如人危坐而雙引其膝。下有土徑，異樹交絡，峽水鳴其間。峰頂各有池，如臼，如盆，如破甕，鮮壁澄澈，古松覆之。西峰石多璺，璺，本義爲玉破，《集韻》：『璺，玉破。』後指將破未破的裂紋。乍視如未穩。南峰之背，有靜室，垂雙鏁，鏁，同『鎖』。鏁盡爲鐵杙鐵杙，鐵樁。以承板道。東峰南下爲衛叔卿博臺，博臺，在華山東峰下，因有石表面凹凸不平似棋局，故名。鏁對懸，拓厓自達，皆奇嶮。

華山後記

從玉泉院玉泉院，位於陝西華陰市玉泉路最南端，是華山道教活動的主要場所，也是從華山峪登臨華山的門户。至青柯坪，從毛女洞往上行，過響水石、雲門便是青柯坪。到這里恰好爲登山路程的一半，也是華山峪道的盡處、上華山之起點。東西皆石壁，澗水縈洄出。逾張超谷，張超谷，在華山毛女峰東北，後漢張楷居此，楷字公超，故名。壁乃峭。至希夷峽，希夷峽，在華山峪五里關南石門東，古時稱雲峰谷。後因宋時名隱士陳摶的屍骨放置在峽口方洞中，宋太宗當初又賜陳摶爲『希夷先生』，當地人便稱爲希夷峽。石忽具態，摩雲綴日，壓疊而上行，大石纍纍卧澗中，水不得直去，則躍舞飛鳴，與山爭奇於一罅之內。至青柯坪，西峰斗絶斗，通『陡』。出，諸山忽若屏息，奇者平，高者俯，若童子之見嚴師，不知其氣之微也。西峰之奇，在水簾洞，遠視見竇，下有丹石，瀑布羃羃，古同『冪』，覆蓋。之。千尺㠉千尺㠉往上看爲一線天，往下望如深井，寬僅可容足，共有三百七十餘級臺階。㠉口刻有『太華咽喉』四字。而上，大奇則大嶮，小奇則小嶮，寸寸焉如弱夫之挽勁弩。至蒼龍嶺，蒼龍嶺，華山著名險道之一，位於救苦臺南、五雲峰下，以其蒼黑色的外部和似懸龍般的地勢而得名。不千仞一脊，仄仄如蜕龍之骨，四帀帀，同『匝』。峰巒映帶，秀不可狀。遊者至此，如以片板浮顛浪中，不復謀目矣。然其奇可直一死也。若日月巖日月巖，在上天梯之上，梯盡北折，一巖如茂石矗立，因巖上有兩個圓形石紋，與日月相似，故此得名。前方石，峭壁直上，止嶮耳，無他奇也。逾嶺路絶，折身反度，其嶮更甚，而不名者，厓不甚修也。過五將軍樹，五將軍樹，五雲峰上部的五棵古松。因臨近通天門，故又名天門松、五老松。度橋至通天門，嶮乃盡。山自仙人拇始爲岳，岳以内若自爲天地者，諸星曜平視得人間之半。其地微膚，長松檜，汙處齊雲臺雲臺，雲臺峰，華山主峰之一，海拔一千六百一十四米。峰頂。雲臺直北，當入幢時，猶干霄，諸峰之在雲臺下者，猶矗矗也。南上即落雁峰，落雁峰，即華山南峰。千山環之如羽林執戟兒，山皆奇峭，鋒鍔林林，一峰直背如輪，若與峰爭秀。渭水東行，與黃河合，下見樹影。東峰即玉女峰也。祠玉女者，乃峰之一臂，所謂洗頭盆，洗頭盆，華山石名，在華山中峰玉女祠南的崖石上，相傳爲弄玉洗髮的地方。亦渴而淺，而東峰有之，圓滑深潔，錫錫，同『賜』。以盤名亦稱。西峰最幽奧，石態生動，有石葉如蓮瓣，覆崖巔，其下有龜卻立，昂首如欲行，蓋葉上物也，是即所謂蓮花峰矣。玉井玉井，在華山西峰下鎮岳宮院内。深丈余，井水清澈甘冽。在峰足，二十八潭二十八潭，即二十八宿潭。華山著名景觀之一，是指鎮岳宮下溪中沿坎而走的二十八個水潭，因其上應天宇二十八宿而得名。圓轉而下，瀑布上流也，恨不於雨後觀之。山壁樹如錯繡，鳥語從隙中來，云無鳥者誤。洞少天成，然整潔可居。盧舍亦有，而黃冠不至，歲一至，以館香客耳。山靈之寂寞無侶可知矣。

華山別記

少時偕中弟讀書長安之杜莊，伯修出王安道《華山記》相示。三人起舞松影下，念何日當作三峰三峰，即華山之蓮花、毛女、松檜三山峰。此處代指華山。客？無何，家君同侍御龔公惟長龔惟長，即龔仲慶，字惟長，號壽亭。袁宏道之舅。從蒲阪回，云登華至青柯坪，險不可止，逾此則昌黎投書處。余私語中弟，近日于鱗明代文學家李攀龍。諸公皆造其幽，彼獨非趾臂乎？然心知望厓者十九矣。余既登天目，與陶周望商略山水勝處。周望曰：『聞三峰最勝，此生那得至？』後余從家君遊㟁上，㟁上，武當山。有數衲自華來，道其險甚具。指余體曰：『如公決不可登。』余憤其言，然不能奪。

今年以典試典試，主持科舉考試。入秦，見人輒問三峰險處。而登者絕少，唯汪右轄以虛、曹司理遠生、楊長安修齡曾一至其顛。然面矜而口呿，呿，張口貌。此處指問起他們登山的經歷時都是張口結舌的樣子。似未嘗以造極見許也。余至華陰，與朱武選非二約，索索，索性。犯死一往。既宿青柯坪，導者引至千尺幢，見細枝柴其上，頂如覆鐺，天際一隙，不覺心怖。因思少年學騎馬，有教余攀鬣蹙鐙攀鬣，抓住馬鬃。蹙鐙，踩上馬鐙。者，心益怯。後有善馳者謂余曰：『子意在馬先，常恨霜蹄之不速，則馳聚如意矣。』余大悟，試之良驗。今之教余拾級勿下視者，皆助余怯者也。余手有繘，繘，原指井繩。此處指攀援時繫在手上的繩索。足有銜，何虞？吾三十年置而不去懷者，慕其嶮耳。若平莫如地上矣，安所用之？捫級而登，唯恐嶮之不至，或坐或立，與非二道山中舊事，若都不經意者。

頃之越絶厓，逾溝，度蒼龍嶺，嶺盡至峰足，地稍平衍。余意倦，百步一休，從者相謂：『何前捷而後澀也？』余曰：『蹈危者以氣，喜一而怖十，絶在嶮也；怖一而喜十，絶在奇也，吾忘吾足矣。去危即夷，以力相角，此輿卒之長，何有於我哉？』

下春乃躋南峰之顛，與非二席峰頭待月。是日也，天無纖翳，青厓紅樹，夕陽佳月，各畢其能，以娛遊客。夜深就枕，月光蕩隙如雪，余彷徨不能寐，呼同遊㯭道人復與至顛。松影掃石，余意忽動，念吾伯修下世已十年，而惟長亦逝，前日蘇潛夫書來，道周望亦物故。山侶幾何人，何見奪之速也？㯭道人識余意，乃朗誦金剛六如偈。金剛六如偈，即《金剛經》中著名的『一切有爲法，如夢幻泡影，如露亦如電，應作如是觀』。鳩摩羅什譯《金剛經·應化非真分》偈中喻一切有爲法如夢、如幻、如泡、如影、如露、如電，故通常稱作『六如偈』。余亦倚松和之。

嵩遊第一

度缑嶺缑嶺，在河南省偃師縣。越轘轅關，轘轅關，位於偃師城東南三十公里府店鄉境內的轘轅山上，西有鄂嶺口，北有古道，是偃師市現存的唯一古關。西北折入山坳，則少林寺也。少室少室，即少室山，又名季室山，東距嵩山東峰太室山約十公里。截然橫其前，諸山懷之，天然回合，如有尺度。京洛之間，古跡廢盡，獨此寺猶存典型。日者過東都，覓故宮遺址，了不可識，詢李文叔所記名園李文叔所記名園，即宋李格非《洛陽名園記》一文中所載名園。亦無有。而伊闕伊闕，又名『闕塞』。洛陽之南五公里處，龍門山和香山隔伊河夾岸對峙如門闕，伊水經其間北流。兩山夾一水，正對洛陽宮，猶如一道天然的門闕和屏障，所以稱爲『闕塞』。兩崖，廢像殘碣，崩剥苔蕪間，令人墮淚。此中差强人意，不復爲此寂寂歎矣。樗道人曰：『今好事家所貴者，曰古，曰完，曰款識。山狩於虞，山狩于虞，《史記》載，黄帝、虞舜都曾到華山巡狩。古也；霧窗雲寮，飛布崖壑，完也；隋唐以來，碑碣森列庭中，款識也。』堂頭僧曰：『道人欲置茲山於貫城市貫城市，刑部旁邊的集市。貫城，刑部的别稱。因貫索星主刑獄，故名。明代都城城隍廟附近的集市規模相當可觀。耶？請以一轉語一轉語，禪林用語。乃令人轉迷開悟之語句。酬價矣。』道人曰：『有大力者負之而趨。』余大笑。堂頭僧者，曹洞曹洞，即曹洞宗，也稱洞家，是我國佛教禪宗五家（臨濟、曹洞、潙仰、雲門、法眼）七宗之一，以洞山良價爲宗祖。下兒孫主斯院者也。

從院東西穿，詰曲磴道中，過甘露臺，甘露臺，位於少林寺主體建築常住院西側，緊鄰寺院之西圍牆。有古樹，根如欹石，虚處如梁。已出寺，西折行，觀初祖初祖，即中國禪宗初祖菩提達摩，南天竺人，婆羅門種姓，自稱佛傳禪宗第二十八祖。南朝梁武帝時來中國傳播佛教，曾在嵩山少林寺面壁九年。影石，石白地墨繪，酷似應真應真，佛教語。羅漢的意譯。像。老僧曰：『澗中自有此石，能爲水樹雲影。』余曰：『然，石以影重。達摩之重，不以影，不以石，不以面壁。此中不須蛇足也。』已從庵後出，行三十餘盤，得初祖洞，初祖洞，即達摩洞。在離五乳峰絶頂數十米的地方，爲一深約五米、寬約三米的天然石洞。傳説是達摩面壁九年處。洞中石如波卷，不盡五乳峰者數丈。已下山，度南嶺十餘里，得慧可覔心臺。慧可，禪宗二祖。一名僧可。曾在嵩山從達摩學禪六年。覔心臺，即慧可曾與達摩談論『安心』的地方。臺形如盂，倚翠壁，下臨伊、洛、黄河，蒼莽行緑煙中。已歸院，遍歷軒除庖湢，休於丈室。顧樗道人語曰：『是中有余衣履跡焉。雲樹煙巒，若舊識者，余夢遊茲山久矣。』曉起出門，童白分棚立，乞觀手搏。主者曰：『山中故事也。』試之，多絶技。欲登少室，無所得路，乃止。

少室奇秀，迫視不可見，遠乃行修武道者，望若古鐘，仰出諸山上。從汝汝，即古代汝州。來者，唯見千葉芙蓉，與天俱翠，摇曳雲表而已。山四帀皆壁，群山翳其外，迫之乃不見巔而見翳，遊人多不愜。夫豪傑之偶於衆也，凡才得肩而蔽之；及時地既遠，肩蔽者與腐草俱盡，而天下始望之若飛仙，獲其隻字以爲至寶，士患不特達耳。余數年前走南陽道，見遠翠干霄。土人曰：『九鼎蓮花寨也。』了不知所謂，及過寋嶺，寋嶺山，位於少室山北、五乳嶺東與轘轅山相接處，兩山中呈自然峽谷。忽有舉此名者，始知所見在五百里外也。少室之秀持可知矣。

嵩遊第二

出東關里許，有皂巾而敝藍皂巾而敝藍，黑色頭巾，青色舊衣。古代僕從裝扮。者請曰：『由西華道西華道，即中岳廟西華門通道。耶？』余不解，及至岳祠，岳祠，即嵩山中岳廟，位於河南嵩山南麓的太室山腳下。從垣之西竇入，不覺一笑。祠在黃蓋峰黃蓋峰，位於嵩山東麓、中岳廟北面，嵩山七十二峰之一。下，偏峰之左，東行數里得澗，寂無人聲，蘆風水響，環繞山寨。沿澗而北得山足，澗與山曲折，如月半弓。漸高得寺，寺盡而巖，盧浩然盧浩然，即盧鴻一，字浩然、顥然，唐代畫家，詩人。玄宗開元間隱於嵩山。舊居也，至今猶襲其姓。山至此忽兩分，如人張左右臂，當胸腹處，削壁千仞，恨虛而卻，如割大甕之半。水從了處出，初猶黏壁，霧雪紛飛，忽然墜空，千絲直下，激石爲屑，散布一澗。時方下春，日與煙相薄，而瀑濺之，風復生態其間，正視不一色。去瀑十許步，巨石岌嶪，岌嶪，高聳貌。遊人各踞一石，望瀑而飲，回風忽射，稀點灑面，起立欲避，而雨腳已斜卷去。朱非二曰：『少時讀《天臺賦》，《天臺賦》，即東晉文人孫綽所作的《遊天臺山賦》。知有瀑布，不知其奇麗如此。』問余，余曰：『三見之矣。見於五泄者，如奔雷，其觀偉；見於黃巖者，如立玉，其觀逸；若夫蒼寒霏微，簾披綃曳，此爲最幽矣。』登封令傅元鼎曰：『嘗夏月雨後經此，飛濤掛壁，激石倒立如柱，響震一山。』余曰：『然，古人謂夏山如滴，冬山如睡，瀑亦有之。夏瀑如怒，冬瀑如喜，此正盧君喜時也。』壁石多奇，或爲霞，或爲紺，或爲嵐，而根下有石數丈，雲巒洗出其紋如刻畫。澗中多白石，墨浪界之，與影石相似，獨不能爲人物耳。澗西有小洞，容數人，其下流峽中，石几石龕石版，遒妍不一，與碧潭相映，爲山中絕景。

嵩遊第三

道陽城陽城，春秋鄭國城邑，秦代置縣，故城在今河南登封縣東南，因境内陽城山得名。廢址，入會善寺，會善寺，在嵩山積翠峰下，屬曹洞宗，原爲北魏孝文帝夏季離宮，其後捐爲佛寺，隋開皇年間改名爲會善寺。寺半圮，有泉泠然，及門而没。西去數十武爲戒壇，頽欄敗砌，皆鏤隋、唐佳句，人物山水，細入毫髮。石柱上有唐、宋題名，字極精。寺故魏孝文避暑宮也，唐以來習毗尼者居之，遂有壇。古碑刻完好者，《菩薩戒經》，大曆十三年唐代宗大曆十三年（七七八）。協律郎高堅書；《魏天平二年嵩陽寺碑》，不著撰書姓氏，末云『唐麟德元年唐高宗麟德元年（六六四）。九月庚申，從嵩陽觀移來』，乃知嵩陽古梵剎也；門之右，有《大曆二年中書門下牒》，唐代宗大曆二年（七六七）。其下勒代宗手敕二十二字，無一筆蝕者，碑陰勒《戒壇記》，汝州刺史陸長源撰，河南陸郢書，隸法遒逸；戒壇西南麥畦中，有《開元十五年道安禪師碑》，廣平宋儋撰兼書，末云『建塔僧破竈』，損一字，蓋神僧破竈墮神僧破竈墮，《大藏經》所載高僧。相傳他隱居於嵩山，以杖擊破靈竈，使竈神得以升天。也。塔已荒，不可識，而碑尚可搨。今人但知《戒壇寺茶榜》，可發一歎。山僧云：『古碑甚多，磨爲時貴書且盡。』余自少林入嵩廟，閲碑如林，然耳目可及，或無他厄，數碑沉淪，恐不免，聊載之以俟永叔、德甫耳。

東過嵩陽宮，觀漢三柏，漢三柏，即嵩山三將軍柏。相傳爲漢武帝所封。大者七人圍，皮如皺石，望之若山，榦不甚修者，土掩其本也。今宮之石柱猶存其一，掘二尺餘，乃見礎。古宮殿基，高常逾仞，柏之地，視階不當高於基二尺也。柏之得封也，必以偉，在漢已爲故物，前此之積埃，又不知幾許。余意非去土數丈，不能盡其修偉也。舊志謂石上有韓文公題名、歐陽文忠公跋，遍覓無有。偶見石柱上有宋人書『崇寧三年宋徽宗崇寧三年（一一〇四）。三月十日觀退之題』，其半没土，具臿臿，同『鍤』，鐵鍬。求之，左方得邢和叔題名，右方有云：『余與子由考試西洛進士畢，同遊二室諸寺，最後過天封精思，觀道子畫，遂行。熙寧五年九月十日也。』其下不書款，又稱子由不以氏，語氣酷似大蘇。是時子由以忤安石，出爲河南府推官，而子瞻《送杭州進士詩》序有云：『熙寧五年，錢塘之士貢於禮部者九人，十月乙酉宴於中和堂。』公是年監試杭州，不應復至洛也。其人定佳士，當是西京教授王平甫王平甫，即王安國，王安石大弟。熙寧進士。北宋著名詩人。世稱王安禮。與王安國、王雱爲『臨川三王』。輩耳。韓、歐書竟不見。退之題最簡古，今載集中，郡邑志俱不收，韓集非僻書也。永叔跋見《集古録》，郡志有之。永叔先後凡數至，其一與梅聖俞梅聖俞，即梅堯臣，世稱宛陵先生，以歐陽修薦，爲國子監直講，纍遷尚書都官員外郎，故又稱『梅直講』、『梅都官』。北宋著名詩人。俱，即跋中所云『登峰頂觀龍潭石記』者也；其一與謝希深謝希深，即謝絳，浙江富陽人，謝濤子。諸人俱，有見神清洞一事。希深書云：『師魯語怪，永叔、子聰歌俚調，幾道吹洞簫，明道元年（一〇三二）秋，謝絳接到詔書，要於嵩岳御祝封香，歐陽永叔和楊子聰分别讀祝、捧幣。事後，三人與尹師魯、王幾道一起遊嵩山。往往令人一笑絶倒。』至今數百載，如見其眉目也。野史載錢思公錢思公，即錢惟演（九七七—一〇三四），字希聖，謚號爲『思』（後改爲『文僖』），吴越忠懿王錢俶第十四子。北宋著名詩人，『西昆體』的代表作家。守西都，歐、謝同在幕下。一日自嵩山歸，暮抵龍門香山，雪大集，忽煙靄中，車馬渡伊水，則思公遺廚傳、歌伎來到，因傳語曰：『山行良佳，少留龍門賞雪，無遽歸也。』宋人風韻乃爾。柏之右豐碑一，與太室爭傑，其文不足言，書則徐浩徐浩，字季海，唐代書法家。擅長八分、行、草書，尤精於楷書。八分體，字字生動欲飛，書家所云『怒猊抉石，渴驥奔泉』，不虛也。

東過崇福宮，崇福宮，初名萬歲觀，創建於西漢元封元年，宋代改名崇福宮。宮荒寂甚，即有宋諸賢所嘗提舉者。宮之左爲啓母石，啓母石，在嵩山南麓萬歲峰下，相傳爲大禹妻子塗山氏所化。石三丈餘，旁裂小石，事載《淮南鴻烈》，甚誕，而唐崔融《啓母廟碑》云：『漢臣之筆墨泉海，陳其令名；秦相之一字千金，敘其嘉應。』又引郭璞、李彤爲證，則謂真有其事矣。石之前，疊石爲門，其半已頹，右方有字，皆大篆，風雨蝕且盡，視元魏碑尤古，年號上隱隱一『光』字，而『户曹史某』及『癸辛之間』數字尚可識。

嵩遊第四

古云：『華山如立，嵩山如卧。』二語勝畫，非久歷煙雲者不解造是語也。然余謂華山如峨冠道士，振衣天末；嵩則眠龍而臒（臒，瘦。）者也。登嵩之路凡數處，從萬歲峰者，爲漢封（漢封，即漢武帝封禪嵩山之事。）故道。迂回二十餘里，至中峰巔，下視諸峰，危石削壁，或懸或仄，態貌奇古。因憶謝絳與梅聖俞書，所謂玉女窗、擣衣石、八仙壇者，按圖索之，去此當不遠。然石上無片字，從遊百許人，無一人解者，可恨也。

山顛一頹室，側有古井，甚晶瑩，旱歲不竭。前復有小峰，疑即古封禪壇，規制亦敞。余問道士：『此爲峻極上院（峻極上院，嵩山峻極寺的一部分。寺分上、中、下三院，上院在中峰頂，中院在嵩麓，下院在登封縣城西關。）耶？』道士茫然。余笑曰：『若得劉伯壽爲導，當無此苦。』元鼎問故。余曰：『野史載劉伯壽築室嵩山下，每登嵩頂，回則於峻極中院援筆記歲月，登須凡七十四次。伯壽蓋洛陽九老之一也。有妾名萱草、芳草，皆秀麗而善聲律。伯壽出入乘牛，吹鐵笛，二草以蘄笛（蘄笛，用蘄竹製成的笛子。）和之，聲滿山谷。牛行即行，牛止即止，其止也，必命壺觴，盡醉而歸。嵩人以爲地仙云。』元鼎躍然曰：『公作嵩記，幸述此一段，以爲太室佳話。』余諾之。

稍東爲白鶴觀故址，背負三峰，左右皆絕壁。太熊諸山屏其前，横者如案，擁者如髻，列者如眉，幽邃平遠，實太室之奥宅也。一松亭亭立，秀傑非常。觀廢已久，山中樹大於腕者，動遭翦伐，而此松獨存，殆有物護之。松下遺跡宛然，募童子能得片碣者，與百錢；得故瓦礫者，數錢。一時隸卒散盡，披荆求之，得古瓦數片，皆琉璃，龍其首，唯碣不可得。欲過別峰，而暝色已迫。余謂元鼎曰：『松間得一亭，旁構小室，遊者宿其上五日，始爲不負此山也。』山之奥處不必論，其指名者如韓公之龍潭，歐公之天門泉，范公之三醉石，皆不能以一日窮。今之遊者，一宿少林，輿而過太室之前，至嵩廟天中閣，倚欄一觀，歸而向人曰：『吾已盡嵩山矣。』是尚未觀其膚也。

東行里許，天昏黑，不可得舊道。從者曰：『從野豬阪下，稍近，但嶮耳。』余笑曰：『嵩山無嶮。』乃杖策行崎崖中，約十五里，至山足。是日曉出城，未至門百步許，見城外有白煙突起，以爲爆煙也。頃之忽化爲環，大可數圍，直入雲際，不滅者久之。

嵩遊第五

石淙石淙，即石淙河。武則天稱帝後曾在此大宴群臣，稱『石淙會飲』，是嵩山八景之一。非嵩也，繫之嵩後者，水從東澗注，嵩之餘也。曉起見簷外絲雨，頗不快，倚軒瞻太室，翠色若滴，知非雨候也。馳而出東門，纖塵不起，翻以爲樂。

過箕山，河南箕山山系屬伏牛山系餘脈的一支。在登封境内與嵩山山脈隔登封城和潁河相望，位於登封市南部。山巔有許由墓，對面的山羊關則有巢父墓。望許由塚，雲片鱗鱗如欲坼。至測景臺，測景臺，在嵩山之南，爲周文王次子周公姬旦營東都洛陽時測量日影用，故也稱周公測景臺。乃見日。折而東，倚澗行，山皆土阜，甚舒緩。將至石淙半里許，漸聞水聲。及至，一澗皆石，如稠林之筍，四顧不得寸膚，不知是石何時飛來。轉盼之間，向之土阜何處徙去也。石錯立波中，布置狷巧，四帀之山宜高，則爲峰、爲巘、爲屏，若約吾目，使不外見其樸也。中央之山宜平，則爲砥爲嶼，若以供吾布席置酒之用也。石之大者可坐十許人，小者可分棚角飲，飛籌走兕。近可手攬，遠可繩度也。當澗之衝，列三峰以拒水，水漱其根，如齾如齒，斜飛正射，交注潭中，激以觀其怒也。繞石皆深潭，幽冷如黛，渟以觀其色也。至澗之下流，石忽自夾，兩崖青壁削立，長可十餘丈，水至此如匹練，所以蓄其浩瀚，逸其奔放也。石之麗在壁，水之麗在峽。踞中央者，眩于欹危不敢迫視，則又爲洞於岸之南。人穿洞腹出，至唇唇，洞口。而拓，拓，開闊。水之深碧，石之奇峭，可以坐而收也。澗上之山，高者不過二十仞，卑者數仞。水可以步計，石可以笏笏，金銀的計量單位。以金銀製成笏形，一枚爲一笏。計，然其勝爲箕、潁箕、潁，箕山和潁水。相傳許由曾隱居箕山之下，潁水之陽。後因以『箕潁』指隱居者或隱居之地。之冠。其去太室也，二十里而遥。

遊驪山記

驪之山驪山，秦嶺北側的一條支脈，遠望如駿馬，故名驪山。鬱然而青，而其水其水，驪山温泉水源，位於西繡嶺北麓。浩浩然鳴九衢也。古柏森森然翳東西嶺，故宫故宫，驪山宫。遺址，多不可識。山下之民，有雪領雪領，白髮垂肩。而杖者，作作，站起來。而前曰：『民雖耄，猶彷彿憶之。』指其歸然而墳者曰：『是舉火臺，褒女之所笑也。』指其温然而澄澈者曰：『是蓮花湯，明皇、妃子明皇、妃子，指唐玄宗、楊貴妃。之所浴也。』問山下之故壘，曰：『是嘗錮三泉而聞七曜者，錮三泉而聞七曜者，謂秦始皇墳墓裝飾。始皇帝之地市地市，指墳墓。也。』余倚松四顧，蒼茫久之。乃披荒榛，踞危石，楚聲而歌曰：『涓涓者流，與山俱逝兮。空潭自照，影不至兮。吁嗟乎茲山，祟三世兮。』歌竟，浴於長湯，長湯，即長湯屋。唐華清宫中的大型温泉浴池，爲諸嬪御入浴之所。遂登老氏宫，老氏宫，指老君殿、老母殿。西繡嶺第三峰上的老君殿，爲驪山著名道教宫觀。由老君殿往東，就到西繡嶺第二峰上的『老母殿』。極于臺，東過石甕寺石甕寺，位於驪山東繡嶺之上，原是唐代名刹福崖寺。因寺西山澗懸泉流水，擊石成皿，其形似甕，故得名石甕寺。休焉。

稍倦，假寐僧榻，忽有丈夫峨冠修髯，揖余而言曰：『吾子失言，夫山奚能祟？使吾幸而遇嚴、匡嚴，即嚴子陵。匡，即匡俗。傳説中的人物。一説名『匡裕』。諸君子，豈不亦嘉遁之藪？吾子謂九疊之屏，九疊之屏，即九疊屏。傳説李白晚年隱居處。七里之灘，七里之灘，嚴光垂釣隱居處。何遽出吾上耶？又使吾所遭者爲宣城、宣城，指南朝齊謝朓（四六四—四九九），字玄暉。孤山孤山，即林逋。輩，騷壇之士，豔稱久矣，吾豈復戎吾姓也？』余蘧然覺，自悼言之失也，復喟然歎曰：『異哉！天子之貴，不能與匹夫爭榮，而詞人墨客之隻詞，有時爲山川之九錫也，異哉！今之處士，誰能入山而爲水石所倚重者，吾當北面事之。』

遊蘇門山百泉記

蘇門山，位於百泉北側，在河南省新鄉市輝縣市百泉鎮百泉風景區內，屬太行山支脈，海拔僅一八四米。因山前有百泉，也稱百門山。

舉世皆以爲無益，而吾惑之，至捐性命以殉，是之謂溺。溺者，通人所戒，然亦通人所蔽也。溺於酒者，至於荷鍤；溺於書者，至於伐塚；溺於禪者，至於斷臂。斷臂，指慧可斷臂明志之事。溺山水者亦然，蘇門之登，至於廢起居言笑，孫登（約二二〇—二八〇），字公和，號蘇門先生。三國魏著名隱士。平時默然不語，善長嘯。《晉書》卷四十九《阮籍傳》：『籍嘗于蘇門山遇孫登，與商略終古及棲神導氣之術，登皆不應，籍因長嘯而退。至半嶺，聞有聲若鸞鳳之音，響乎巖谷，乃登之嘯也。』以常情律之，則爲至怪；以通人觀之，則亦人情也。夫此以無妻子爲怪，彼亦以遠山水爲怪。各據其有，則遞爲富；彼此易位，抑更相苦矣。嗣宗嗣宗，即三國時期魏國詩人阮籍（二一〇—二六三）。他與嵇康、劉伶等七人爲友，世稱竹林七賢。語意微涉牽率，棲神導氣，在山水間爲俗談，置之勿答是已。及劃然長嘯，林谷傳響，真意所到，先生曷嘗廢酬應哉？唯世無發其籟者，故不鳴也。曰：『子何以知其溺？』曰：『以百泉知之。』

百泉蓋水之尤物也。吾照其幽綠，目奪焉。日晃晃而爍也，雨霏霏而細也，草搖搖而碧也，吾神酣焉。吾於聲色非能忘情者，當其與泉相值，吾嗜好忽盡，人間妖韶，不能易吾一盼也。嗜酒者不可與見桑落桑落，即桑落酒。也，嗜色者不可與見嬙、施也，嗜山水者不可與見神區奧宅也。宋之康節，康節，即邵雍（一〇一一—一〇七七），北宋哲學家、易學家。康節是他的謚號。蓋異世而同感者，雖風規稍異，其於棄人間事以山水爲殉，一也。或曰：『投之水不怒，出而更笑，投水之事見《神仙傳》：「孫登，字公和，汲郡人。無家屬，於郡北山爲土坑居之，好讀《易》，撫一弦琴，性無恚怒。人或投諸水中，欲觀其怒，登既出，便大笑。」毋乃非情？』曰：『有大溺者，必有大忍，今之溺富貴者，汩没塵沙，受人間摧折，有甚於水者也。抑之而更拜，唾之而更諛，其逆情反性，有甚於笑者也。故曰忍者所以全其溺也。』曰：『子之於山水也，何以不溺？』曰：『余所謂知之而不能嗜，嗜之而不能極者也，余庸人也。』

尺牍

寄同社

同社，即公安城南文社社友。袁宏道十五歲時結文社於公安城南，自爲社長。

弟已令吴中矣。吴中得若若，（我）這樣的。令也，五湖有長，洞庭有君，酒有主人，茶有知己，生公説法石生公説法石，在虎丘。有長老。但恐五百里糧長糧長，明代田賦制度基層組織，由納糧區内田地最大者充當，負責主持田賦徵收事務。此處代指爲官時的錢糧俗事。來唐突人耳。吏道縛人，未知向後景狀如何，先此報知。

寄散木

散木，即龔仲安，字惟静，號散木、静亭，龔大器少子。萬曆癸卯舉人，未仕。袁宏道之舅，與宏道兄弟年相若，相處甚洽。

散木近作何狀？人生何可一藝無成也。作詩不成，即當專精下棋，如世所稱小方、小李小方，方子振。小李，李沖。均爲明代圍棋名手。是也。又不成，即當一意蹴踘搊彈，蹴鞠，踢球。搊彈，彈奏弦索樂器。如世所稱查八十、郭道士查八十，明代琵琶名手。郭道士，一作韓道士，明代蹴鞠名手。等是也。凡藝到極精處，皆可成名，强如世間浮泛詩文百倍。幸勿一不成兩不就，把精神亂抛撒也。知尊多藝，故此相砥。勉之哉！

家報

天下奇人聚京師者，兒已得遍觀。大約趨利者如沙，趨名者如礫，趨性命者如夜光明月，千百人中僅得一二人，一二人中僅得一二分而已矣。三哥三哥，袁中道小名。頗爲同儕所推許，近日學問益覺長進。昨梅中丞梅中丞，即梅國楨（一五四二—一六〇五），字克生，號衡湘，湖北麻城人。邀請數次，因塞上苦寒，尚未及行。梅，真正好漢也，兒恨不識其人。三哥識有餘而膽氣未充，正是多會人廣參求之時，想故鄉一片地，横是横是，可能。表示揣測。麟鳳塞滿，真不必令其在家也。

龔惟長先生

數年閒散甚，惹一場忙在後。如此人置如此地，作如此事，奈之何？嗟夫，電光泡影，後歲知幾何時？而奔走塵土，無復生人半刻之樂，名雖作官，實當官耳。尊家道隆崇，百無一闕，歲月如花，樂何可言？然真樂有五，不可不知。目極世間之色，耳極世間之聲，身極世間之鮮，口極世間之譚，一快活也。堂前列鼎，列鼎，謂陳列置有盛饌的鼎器。此指宴客。古代貴族按爵品配置鼎數。堂後度曲，賓客滿席，男女交舄，舄，鞋子。燭氣熏天，珠翠委地，金錢不足，繼以田土，二快活也。篋中藏萬卷書，書皆珍異，宅畔置一館，館中約真正同心友十餘人，人中立一識見極高，如司馬遷、羅貫中、關漢卿者爲主，分曹部署，各成一書，遠文唐宋酸儒之陋，近完一代未竟之篇，三快活也。千金買一舟，舟中置鼓吹一部，妓妾數人，遊閒數人，泛家浮宅，不知老之將至，四快活也。然人生受用至此，不及十年，家資田地蕩盡矣。然後一身狼狽，朝不謀夕，托鉢歌妓之院，分餐孤老之盤，往來鄉親，恬不知恥，五快活也。士有此一者，生可無愧，死可不朽矣。若衹幽閒無事，挨排度日，此最世間不緊要人，不可爲訓。古來聖賢，公孫朝穆、公孫朝穆，春秋時代的公孫朝、公孫穆二人。謝安、謝安，字安石，東晉名士。孫瑒孫瑒，南朝陳代名士。輩，皆信得此一著，此所以他一生受用。不然，與東鄰某子甲蒿目蒿目，極目遠望的樣子。而死者何異哉？

丘長孺丘長孺，即丘坦，字坦之。

聞長孺病甚，念念。若長孺死，東南風雅盡矣，能無念耶？弟作令備極醜態，不可名狀。大約遇上官則奴，候過客則妓，治錢穀則倉老人，諭百姓則保山婆。保山婆，媒婆。一日之間，百暖百寒，乍陰乍陽，人間惡趣，令一身嘗盡矣。苦哉，毒哉！

家弟家弟，即袁中道。秋間欲過吴，雖過吴，亦祇好冷坐衙齋，看詩讀書，不得如往時攜侯子登虎丘山故事也。近日遊興發不？茂苑茂苑，古苑，又名長洲苑。故址在今江蘇省吴縣西南。後也作蘇州的代稱。主人雖無錢可贈客子，然尚有酒可醉，茶可飲，太湖一勺水可遊，洞庭一塊石可登，不大落莫也。如何？

毛太初

毛太初，袁宏道姐夫。務農。

弟已得吴令，令甚煩苦，殊不如田舍翁飲酒下棋之樂也。兩甥想益聰明，讀書何處？肉鋪河畔，三叉港前，肉鋪河畔、三叉港，當爲宏道姐夫家當地地名。恐非陶鑄舉人進士之所，移至縣中如何？

大凡教子弟，一要擇地，二要出學錢，銀中不可夾銅，貨中不可夾布，此尤第一緊要事。

計此字到時，田中青翠可愛矣。要得富，須真正下老實種田，莫兒戲。人生三十歲，何可使囊無餘錢，囤無餘米，居住無高堂廣厦，到口無肥酒大肉也，可羞也。

王子聲

王子聲，即王一鳴，字子聲，一字伯固，號石廩。萬曆壬午科舉鄉魁，丙戌會魁，授太湖縣知縣，調臨漳縣知縣。與宏道別時爲臨漳知縣。

弟屈指平生別苦，唯少時江上別一女郎，去年湖上別一長老，合今而三耳。女郎以情，長老以病，此別非病非情，亦復填膺之甚，即弟亦不知所以也。征東將軍主人無驚人先生，征東將軍、驚人先生，都是袁宏道臨時起的綽號。征東將軍爲袁宏道，驚人先生爲王子聲。征東將軍取義『中郎將』官職。驚人先生取義『一鳴驚人』。遂亦無僕矣。惜哉，此將軍無緣甚也。讀扇頭詩，字字涕淚，再見何期，令人腸痛。

蘭澤、雲澤叔 蘭澤、雲澤，袁宏道叔父。

金閶金閶，指蘇州。自繁華，令自苦耳。何也？畫船簫鼓，歌童舞女，此自豪客之事，非令事也。奇花異草，危石孤岑，此自幽人之觀，非令觀也。酒鐔詩社，朱門紫陌，振衣莫釐之峰，濯足虎丘之石，此自遊客之樂，非令樂也。令所對者，鶉衣百結之糧長，簧口利舌之刁民，及蟣蝨滿身之囚徒耳。然則蘇何有於令，令何關於蘇哉？聚首村中，一樽一杓，便足自快。身非木石，安能長日折腰俯首，去所好而從所惡？語語實際，一字非迂，若復不信，請看來春吳縣堂上，尚有袁知縣腳跡不？

江長洲進之

雖説吴令煩苦，其實良朋相聚，亦是快事。他日虎丘一塊石，太湖一勺水，傳吾兩人佳話，未可知也。

龐丹徒

龐石雍，字景和，一字堯封。，時任丹徒知縣。

何物拳石，如此突兀！弟已得縱觀其盛，但尚負焦山一日債耳。已暮不能入城，明晨當奉謁。環城皆山也，一樽、一榼、榼，盛酒食的器具。一奚，唯命。

楊安福

楊安福，即楊廷筠，字仲堅，號淇園，浙江仁和人。萬曆二十年（一五九二）進士，曾任監察御史。此時任安福知縣。

燕中燕集，第一個燕指燕地，第二個燕同『宴』。略見高雅，然尚未得盡傾腸胃。喉中隱隱有如許欲吐未吐之物，至今尚鬱鬱胸臆間也。吴令甚苦我：苦瘦，苦忙，苦膝欲穿、腰欲斷、項欲落。嗟乎，中郎一行作令，文雅都盡，人苦令耶，抑令苦人耶？夫古有鳴琴飛舄鳴琴，《吕氏春秋·察賢》：『宓子賤治單父，彈鳴琴，身不下堂而單父治。』飛舄，用東漢王喬飛凫舄典故。《後漢書·方術傳上·王喬》：『王喬者，河東人也。顯宗世，爲葉令。喬有神術，每月朔望，常自縣詣臺朝。帝怪其來數，而不見車騎，密令太史伺望之。言其臨至，輒有雙凫從東南飛來。於是候凫至，舉羅張之，但得一隻舄焉。乃詔尚方診視，則四年中所賜尚書官屬履也。』栽花種柳者，不知此輩有何工夫作此閑伎倆。古今人不相及，豈直倍蓰哉！

吴因之 吴因之，吴默，字言箴，一字因之，吴江人。萬曆二十年（一五九二）殿試二甲進士，官至太僕寺卿。

前與顧湛庵顧天埈，字升伯，號湛庵。江蘇昆山人。弘治十八年（一五〇五）乙丑科狀元顧鼎臣的族孫。明神宗萬曆二十年（一五九二）殿試一甲第三名。談一夕，甚快。出禪入儒，有書冊來所未睹。因憶爾時，若得因之在座，點綴數語，當益神王，惜緣慳緣慳，没有緣分。耳。因之近日作何行徑，他日作何了當？宰官耶？頭陀耶？行年四十，腳跟不定，待何時定？若弟則願爲人中牛馬，牛馬，喻指勞役或供役使的人。天中修羅，修羅，梵語 Asura 的譯音，『阿修羅』的省稱。意爲『不端正』或『非天』，是古印度神話中的一種惡神，住在海底，常與天神戰鬥。佛教採用其名，列爲天龍八部之一。法中散聖，散聖，散仙。道教語。仙人未授仙職者之稱。雖不知於大道如何，然弟受用如此足矣。世無海若，海若，傳説中的海神。河伯，傳説中的河神。故河伯傲然自足，願請益焉。

湯義仍

湯義仍，即湯顯祖，明代戲曲家、文學家。字義仍，號海若、若士、清遠道人，江西臨川人。作有傳奇《牡丹亭》《邯鄲記》《南柯記》《紫釵記》，合稱《玉茗堂四夢》。以《牡丹亭》最著名。

作吴令，備諸苦趣，不知遂昌仙令，遂昌仙令，湯顯祖于萬曆二十一年（一五九三）任遂昌知縣。趣復云何？俗語云：『鵠般白，鴉般黑。』由此推之，當不免矣。人生幾日耳，長林豐草，何所不適，而自苦若是？每看陶潛，非不欲官者，非不醜貧者，但欲官之心，不勝其好適之心；醜貧之心，不勝其厭勞之心，故竟『歸去來兮』，寧乞食而不悔耳。弟觀古往今來，唯有討便宜人是第一種人，故漆園首漆園首，即莊子。莊子曾作漆園吏。以逍遥名篇。鵬唯大，故垂天之翼，人不得而籠致之；若其可籠，必鵝鴨雞犬之類，與夫負重致遠之牛馬耳。何也？爲人用也。然則大人終無用哉？五石之瓠，浮遊於江海；參天之樹，逍遥乎廣莫之野；五石之瓠，參天之樹，都是《莊子》中的比喻。大人之用，亦若此而已矣。且易不以龍配大人乎？龍何物也，飛則九天，潛則九地，而人豈得而用之？由此觀之，大人之不爲人用久矣。對大人言，則小人也。弟小人也，人之奔走驅逐我固分，又何厭焉？下筆及此，近況可知。知己教我。

徐漢明

徐大紳，字漢明，一字翰明，萬曆二十一年（一五九三）任嘉興府推官。

讀手書，不啻空谷之音，知近造卓然，益信小修向日許可之不謬也。弟觀世間學道有四種人：有玩世，有出世，有諧世，有適世。玩世者，子桑伯子、原壤、莊周、列御寇、子桑伯子、原壤，春秋時期魯國人。莊周，即莊子。列御寇，即列子。阮籍之徒是也。上下幾千載，數人而已。已矣，不可復得矣。出世者，達磨、馬祖、臨濟、德山達摩，即達摩初祖。馬祖，唐代道一禪師，俗姓馬。臨濟即臨濟義玄，唐代高僧。俗姓邢。德山，即德山宣鑒禪師。之屬皆是。其人一瞻一視，皆具鋒刃，以狠毒之心，而行慈悲之事，行雖孤寂，志亦可取。諧世者，司寇司寇，即孔子。孔子曾任大司寇。以後一派措大，立定腳跟，講道德仁義者是也。學問亦切近人情，但粘帶處多，不能迴脫蹊徑之外，所以用世有餘，超乘不足。獨有適世一種其人，其人甚奇，然亦甚可恨。以爲禪也，戒行不足；以爲儒，口不道堯舜周孔之學，身不行羞惡辭讓之事，於業不擅一能，於世不堪一務，最天下不緊要人。雖於世無所忤違，而賢人君子則斥之惟恐不遠矣。弟最喜此一種人，以爲自適之極，心竊慕之。除此之外，有種浮泛不切，依憑古人之式樣，取潤賢聖之餘沫，妄自尊大，欺己欺人，弟以爲此乃孔門之優孟，優孟，春秋時期楚國宮廷藝人。以優伶爲業，名孟，故得名。衣冠之盜賊。後世有述焉，吾弗爲之矣。近見如此，敢以聞之高明，不知高明復何居焉？

沈博士

沈博士，即沈存肅，時任荊州府教授。

作吳令，無復人理，幾不知有昏朝寒暑矣。何也？錢穀多如牛毛，人情茫如風影，過客積如蚊蟲，官長尊如閻老。以故七尺之軀，疲於奔命；十圍之腰，綿於弱柳。每照鬚眉，輒爾自嫌，故園松菊，若復隔世。夫伯鸞伯鸞，漢代名士梁鴻的字，隱於霸陵山中。傭工人耳，尚爾逃世；彭澤彭澤，即陶淵明。陶淵明曾任彭澤縣令。乞丐子耳，羞見督郵，而況鄉黨自好之士乎？但以作吏此中，尚有一二件未了事欲了，故爾遲遲，亦是名根未除。若復桃花水發，魚苗風生，請看漁郎歸棹，別是一番行徑矣。嗟乎，袁生豈復人間人耶？寫至此，不覺神魂俱動，尊丈幸勿笑其迂也。

瞿太虚

瞿汝稷，字元立，號太虚，又號洞觀、那羅窟學人、幻寄道人、槃談等，南直隸蘇州府常熟（今屬江蘇）人。與紫柏、密藏、散木等人遊從甚密。

宏甫宏甫，即李贄，明代思想家、文學家，泰州學派一代宗師。曾相見否？不到廬山尋落處，象王鼻孔漫遼天。無盡居士若不踢番溺壺，恐終以兜率悦爲文章僧耳。無盡居士，即張商英，北宋蜀州新津（今四川新津縣）人。字天覺，號無盡居士。宋徽宗時宰相。後來讀《維摩經》，看到『此病非地大，亦不離地大』，深有所感，於是歸信佛法。兜率悦，即兜率從悦禪師。踢番溺壺，典出《五燈會元·丞相張商英居士》：『公一夜睡不穩，至五更下床，觸翻溺器，乃大徹。』

李宏甫

作吴令亦頗簡易，但無奈奔走何耳。家弟爲梅大巡撫接去，聞兩人者甚相歡。弟來書云，不數日當至吴，轉首即至湖上矣。吴中無一人語及此，幸床頭有《焚書》《焚書》，李贄的著作，包括《書答》《雜述》《讀史》及詩歌等。一部，愁可以破顔，病可以健脾，昏可以醒眼，甚得力。有便莫惜佳示。

龔惟長先生

『無官一身輕』，蘇軾《借前韻賀子由生第四孫斗老》：『無官一身輕，有子萬事足。』斯語誠然。甥自領吳令來，如披千重鐵甲，不知縣官之束縛人，何以如此。不離煩惱而證解脫，不離煩惱而證解脫，破山禪師語。此乃古先生誑語。甥宦味真覺無十分之一，人生幾日耳，而以沒來由之苦，易吾無窮之樂哉！計欲來歲乞休，乞休，辭官。割斷藕絲，作世間大自在人。無論知縣不作，即教官亦不願作矣。實境實情，尊人前何敢以套語相誑。直是煩苦無聊，覺烏紗可厭惡之甚，不得不從此一途耳。不知尊何以救我。

伯修

大人至吴，住四越月，不見燕臺燕臺，指幕府及其首長。後泛稱府、州級的長官。一字，近發舟西矣。

弟在此無可樂者，獨近日勘災而出，放舟五湖，信宿縹渺峰頂，遍觀七十二峰之勝，差覺得意。遊龍洞，觀無礙居士舊跡，不勝癢癢。洞深六七里，聞山中道士云：『至格凡處，別是一洞天。』弟無靈威丈人手段，又積潦滿洞，不敢輒入，躊躕而歸。返舟靈巖，睹館娃故址，其山不甚高，而幽奇甲于吴中，虎丘不堪作奴，且其中多勝概。過響屧廊，觀西施履跡；遊剪香徑，思吴宫花草。低徊顧視，千載若新，至欲別不能別。有情之癡，至於如此，可發一笑。

近日學問頗覺長進否？吴儂可與語者，徐參議園亭，徐參議，徐廷祼，字士敏，號沙浦，嘉靖三十八年（一五五九）進士。曾任浙江布政使參議等職，有政聲。徐少卿歌兒徐少卿，即徐泰時（一五四〇—一五九八），字囧卿，本名三錫。明萬曆八年（一五八〇）進士，官至太僕寺少卿。性耿介，敢直言，平生慷慨任事。耳。何物靈異，出此三物，奇哉怪哉！王東白王東白，王圖，王國弟。字則之，號東白，耀州人。萬曆十一年（一五八三）進士。無疑可破，何必破疑？蕭玄圃蕭玄圃，蕭雲舉，字允升，號玄圃，廣西宣化縣（今南寧市）人，明代公安學派創始人之一。萬曆十四年（一五八六）進士。本無疑，何必求疑？爲我拜上二公，祇硬不疑便是佛。瞿洞觀瞿洞觀，瞿汝稷。過蘇，自笑往日之癡，有大人相矣，但不脱菩薩氣耳。顧湛庵顧湛庵，顧天埈。是我輩人，不知生死心如何？吴中運糧僚佐至京師者，不下五六人，信使不絶，閑官何惜一張紙，一硯墨，數行字乎？三哥想已行，不另裁。

王以明

（王以明，即王輅。荊州公安人，袁宏道的舉業之師，監生除鳳翔府通判，半載即棄官隱居。）

作吴令甚辛苦，然已知作令矣。吴中人無語我性命者，求以明先生一毛孔不可得，甚哉法友之難也。遊客中可語者，屠長卿（屠長卿，即屠隆，明代文學家、戲曲家。）一人，軒軒霞舉，略無些子酸俗氣，餘碌碌耳。夫吴中詩畫如林，山人如蚊，冠蓋如雲，而無一人解語。一袁中郎，能堪幾許煎爍？油入面中，當無出理，雖欲不墮落，不可得矣。

近日焦朗生（焦朗生，金陵人，焦竑次子。）過吴，頗有高識，其意氣凌勵一世，殆難爲敵。屈指當今雋人，首小修，次長孺，生復爲以明傳神，彼亦知有以明矣。朗生又歎當今列宿，毫無光彩，獨翼、軫（翼、軫，是二十八宿中的最後兩宿。古爲楚地分野。這裏指作者家鄉。）間稍有氣色耳。然乎否耶？

湯義仍

作令無甚難事，但損得一分，便是一分才。彼多事者，非生事即是不及事耳。吴地宿稱難治，弟以一簡持之，頗覺就緒，但無奈奔走何！兄老吏也，有可以請益者，不妨教我。長卿雋人，東上括蒼，括蒼山，浙東名山。南望雁蕩，北鄰天台，西接仙都，東瞰大海。爲靈江水系與甌江水系分水嶺。主峰米篩浪峰海拔一三八二米，爲浙東第一高峰。被稱爲『泰山之佐』。不知唾落幾許珠璣，唾落珠璣，語出《莊子·秋水》：『子不見夫唾者乎？噴則大者如珠，小者如霧。』有便幸賜我一二顆。

屠長卿

欲與長卿一别，而竟未能。俗吏之縛束人甚矣！明年將掛冠掛冠，辭職。從長卿遊，此意已决。會湯義仍先生，幸及及，告訴。之。

答人

走不能書，而有書癖；不能詩，而有詩腸；不能酒，而有酒態。故每遇書則觀，遇詩則讀，遇酒則留連深夜，亦復頹然。今足下所頒，適中鄙人之嗜，敢自外乎？三都之重，原不在皇甫公一敘，《三都》，即左思的《三都賦》。皇甫公，即皇甫謐，相傳他曾爲《三都賦》作序。足下殆者，其將隱乎？當爲足下傳之。

陳志寰

陳志寰，即陳所學，字正甫，一字志寰，景陵（今湖北省天門市）人。萬曆十一年（一五八三）進士。時任徽州知府。

相別便已半載，尚未及通訊一字，吴令匆忙乃爾。近日學問想益大進，部下有可與譚者否？生在此繁苦不堪道，大略雞鳴而起，三更而息，每困頓時，輒思世間有長夜鼾睡者，不知定是何福修得。其視尊兄作徽州太爺，尊如帝釋，樂如自在天，而其地又如衆香國者，苦樂豈直仙凡之隔哉！

舍弟好遊，固其一癖，自京都走塞上，入秣陵，弟迎入衙齋，鬱鬱不樂，復思遠遊。素聞新安黃山之勝，又得尊兄作主人，是以一來。第不過欲遍遊名勝，採煙霞入詩囊耳，非誠欲作抽豐抽豐，亦作『抽風』。舊時利用各種關係和藉口向人索取財物。客也。尊兄善視之爲幸。

羅隱南

羅隱南，一作郢南，武昌人。他和宏道大姐是親家，其子爲宏道外甥女婿。故宏道在後面一封信中稱他爲『親家翁』。

作令已忘卻苦因矣。既忘卻苦，作官何難，弟是以喜。然忘卻苦，則作官將無了日矣，弟是以益大懼也。何也？人未有不傴僂其腰，足恭足恭，亦作『足共』。《論語·公冶長》：『巧言、令色、足恭，左丘明恥之，丘亦恥之。』其面，苦其心志，餓其體膚，勞其筋骨，百苦備嘗，而至三臺八座三臺，三公。八座，八種高級官員。歷朝制度不一，所指不同。者也。必有苦備嘗，而後臺座可望，是在官一日，一日活地獄也。人亦何爲而樂地獄也哉？

龔惟學先生龔惟學，即龔仲敏。公安人，龔大器次子。

瓜步瓜步，一作瓜埠，山名，在江蘇六合東南，亦名桃葉山。經由，不得一見，讀手書，腸爲之痛。平日不慣惜別，今若爾。人到苦處情自深耳。又三哥從濟寧來，途中亦竟相左，何也？三哥念尊之甚，亦感之深。至臨清行李不戒，戒，戒備，看管。僅以身免。此時攜燕玉住衙齋，頗過快活日子，然遊興不已，又與蔣蘭居蔣蘭居，即蔣時馨，漳平人。萬曆五年（一五七七）進士，曾任考功司郎中，因政爭削職爲民，遂與宏道縱遊山水名勝以遣懷。同遊西湖，便道上徽州去矣。

嘉祥名區，且又事簡民淳，可卧而理，但函牛之鼎，而以烹雞，函牛之鼎，而以烹雞，語出《後漢書・邊讓傳》：『函牛之鼎以烹雞，多汁則淡而不可食，小汁則熬而不可熟。』無亦非其任乎？令吴無甚難事，無奈近日歸興濃何？最關情者，堂上垂白之人，想尊此念更深。然則作官皆苦趣耳，苦何可戀，而人貪之若是，愚矣哉！

新夫人有消息否？美而慧，必有賢子，嘉祥自昔産麟，嘉祥自昔産麟，指春秋魯哀公十四年獵獲麒麟事。當爲新夫人券。

管寧初

管廷節，字寧初，一字凝初，長洲人。萬曆二十年（一五九二）進士。二十二年至二十四年任龍門知縣。

令一也。有仙令，有才令，有奔走之令。奔走者處衝要之區，朝夕止供僕役，若弟輩是也，其人最苦最下。才令雖當繁劇，而才足以副之，用刀不折，遊刃有餘，用刀不折，遊刃有餘，用《莊子》庖丁解牛故事。力量氣魄，件件過人。然一任之後，而骨髓竭於內，鬚髮枯於外矣，雖可喜亦可憐也。若仙令則以美才遇美地，門無過客，巷無爭民，山水文章之樂，不減於昔人，而循良聲譽，常出諸同事之上，雖未必出舄入舄，出舄入舄，即王喬飛舄事，見前注。然而栽花鳴琴，則已寬然有餘閑矣。

聞龍門龍門，原爲廣東增城縣屬地，明析置龍門縣，隸屬廣州府。簡甚，兄復多才，弟且爲兄券。讀手書，具知見憐。何日斗酒相勞，共譚科斗科斗，指古文經籍。時事耶？

梅客生

梅客生，即梅國楨。

家弟自雲中歸，極口稱梅開府才略蓋世，識見絶倫，且意氣投合，不減龐道玄之過于節使也。龐道玄，即龐蘊，字道玄，一作道元，又稱龐居士。唐代禪門居士。所不同者，于公疏，開府密；于公急，開府緩；于公一揮千金，開府衣無重帛。生之校量兩公如此。公自度與頔孰勝而孰劣哉？古之英雄知此道者，晉有康樂，唐即于公，宋有夏英，康樂，即謝安。于公，即于頔。夏英，即宋代名士夏英公。更歷數千年，指不一二屈，不圖今日於明公見之，快哉。聞近日鄉思頗切，然不？光黄之間，光、黄之間，即光州和黄州之間。有隱君子焉，歸而與其徒醉酒逃禪，醉酒逃禪，唐杜甫《飲中八仙歌》：『蘇晉長齋繡佛前，醉中往往愛逃禪。』政不必建牙吹角，建牙，豎立起牙旗。吹角，軍中的號角。代指軍旅生活。終老塞上也。如何？

吴令繁衝，苦痛入骨，没奈何祇得低頭做去，終是措大無遠志耳。顧沖庵顧沖庵，即顧養謙，南直隸通州人。曾一過蘇，與舍弟在虎丘一宿而别。近日蔣蘭居過吴，又將舍弟邀入武林去矣。附報。

湯義仍

近況如何？長作此官，況當不甚佳；然僻在萬山中，無車馬往來，況亦當不甚惡也。所云『春衫小座』者，隨任不？聞亦是吴囡，若爾弟亦管得著矣。

腸中欲語者甚多，紙上卻寫不盡，俟異日面譚。永嘉黄國信，黄國信，字道元。永嘉人。工書法，著有《拙遲集》《合缶齋集》等。佳士也，千里而見袁生，又知慕義仍先生者，此其人豈俗子耶？料中郎之屣可倒，義仍之榻亦可下矣。中郎之屣可倒，即倒屣相迎，穿反鞋子跑出門迎接，形容對來訪者的重視。典出《三國志·魏書·王粲傳》：『（蔡邕）聞粲在門，倒屣迎之。』義仍之榻亦可下，即下榻留賓，典出《後漢書·陳蕃傳》：『蕃爲豫章太守，在郡不接賓客，唯徐穉來特設一榻，去則懸之。』

管東溟

管東溟，即管志道，字登之，號東溟，明太倉人。

天台去書，議論妙甚。但以圓判見地，以方判教體，以圓判見地，以方判教體，指管志道『教理不得不圓，教體不得不方』的理論。未免意圓語滯。何也？若見定圓，則圓亦是方，此一個圓字，便是千劫萬劫之繫驢橛繫驢橛，指路邊繫縛驢之木棒。禪家轉喻學人雖領得一句一棒之玄機，然若執著於一語一句，則反受其拘束繫縛，欠缺活用之機法。矣，可不慎與？若教定方，則歷代聖賢各具一手眼，各出一機軸，而皆能垂手爲人，何與？見若定圓，見必不深；教若定方，教必不神，非道之至者。夫見即教，教即見，非二物也。公試思之。見即教，《金剛》以無我相，滅度衆生；教即見，《楞嚴》以一微塵，轉大法輪。寫至此，葛藤滿紙，幸有以復我。

沈學博 沈學博，或爲沈陞，邳州人。歲貢生。萬曆二十四年（一五九六）吴縣（或長洲）訓導，後任襄府教授。

家大人相訪，將無減廣文苜蓿廣文苜蓿，傳唐開元中教職人員待遇較低，薛令之作詩自悼曰：『朝日上團團，照見先生盤。盤中何所有？苜蓿長闌干。』廣文，即唐玄宗時期廣文館博士鄭虔，亦是清職。乎？得手教知相勉勵，然僕亦聊復弄筆耳，非真難之苦之也。陽城有言：『撫字心勞，催科政拙。』陽城，人名，唐代清官。撫字，安撫體恤。催科，催辦繳納賦稅。後以『撫字催科』指地方官吏的治政。僕則謂撫字當逸，催科當巧。簡而不煩，下安上恬，撫字不甚逸乎？弊孔盡杜，百姓樂輸，催科不甚巧乎？竊有志焉，而尚未之逮也。不知左右頗有所聞不？有幸教之。

王百穀 王百穀，即王穉登。

旁觀者謬謂仙令，不知令自謂苦行頭陀也。佳詩上比摩詰，下亦不失儲、劉，摩詰，即王維。儲、劉，即儲光羲和劉長卿。家弟極寶之，閱罷即襲襲，藏，猶珍藏。之笥中矣。家弟向承翦拂，近深相企慕，不勝望岫之歎。世俗諱談藝，自其常態；若舉世喜談之，藝亦不足重矣。

龔惟學先生

聞嘉祥民淳事簡，真是一快。入擁座間紅，出看西山碧，此自人間第一佳事。不謂作令，備有此樂。令吴祇得個不忙耳，無他受用。去歲曾一涉太湖，觀七十二峰絶勝處，真非人境，今歲一過天池硯石諸山。甥嘗謂吴令苦樂皆異人，何也？過客如蝟，士宦若鱗，是非如影，其他錢穀案牘無論，即此三苦，誰復能堪之？若夫山川之秀麗，人物之色澤，歌喉之宛轉，海錯之珍異，百巧之川湊，高士之雲集，雖京都亦難之，今吴已饒之矣，洋洋乎固大國之風哉！今之稱吴令者，見樂而不見苦，故每譽過其實；而其任吴令者，見苦而不見樂，又不免畏過其實。甥意獨謬謂不然，故雖苦其苦，而亦樂其樂，想尊者聞之，必大有當於心矣。

三哥住衙半年，甚快活，别後不知作何景象。時家下有人至，外祖母舅俱有書報平安。外祖紙尾尚作小楷二行，真地行仙地行仙，源于佛典《楞嚴經》中一種長壽的神仙。也。不多及。

王以明

世上未有一人不居苦境者，其境年變而月不同，苦亦因之。故作官則有官之苦，作神仙則有神仙之苦，作佛則有佛之苦，作樂則有樂之苦，作達則有達之苦，世安得有徹底甜者，唯孔方兄孔方兄，即錢。古錢孔方，故名。庶幾近之。而此物偏與世之勞薪勞薪，舊時木輪車的車腳吃力最大，使用數年後，析以爲燒柴，故云。爲侶，有稍知自逸者，便掉臂不顧，去之惟恐不遠。然則人無如苦何邪？亦有説焉。

人至苦莫令若矣！當其奔走塵沙，不異牛馬，何苦如之？少焉入衙齋，脱冠解帶，又不知痛快將何如者。何也？眼不暇求色即此色，耳不暇求音即此音，口不暇求味即此味，鼻不暇求香即此香，身不暇求佚即此佚，心不暇求雲搜天想即此想。此句中『雲搜天』未解何意。當此之時，百骸俱適，萬念盡銷，焉知其他！始知人有真苦，雖至樂不能使之不苦；人有真樂，雖至苦亦不能使之不樂。故人有苦必有樂，有極苦必有極樂。知苦之必有樂，故不求樂；知樂之生於苦，故不畏苦。故知苦樂之説者，可以常貧，可以常賤，可以長不死矣。中郎近日受用如此，敢以聞之有道，幸教我。

李子髯

李子髯，即李學元，字素心，又字元善、存齋，號子髯，公安人，宏道妻弟。與宏道少小同學，情誼甚篤。

髯公近日作詩否？若不作詩，何以過活這寂寞日子也？人情必有所寄，然後能樂。故有以弈爲寄，有以色爲寄，有以技爲寄，有以文爲寄。古之達人，高人一層，祇是他情有所寄，不肯浮泛虛度光景。每見無寄之人，終日忙忙，如有所失，無事而憂，對景不樂，即自家亦不知是何緣故，這便是一座活地獄，更說甚麼鐵床銅柱刀山劍樹（鐵床銅柱刀山劍樹，都是佛教中地獄裏的諸般刑罰。）也。可憐，可憐！大抵世上無難爲的事，祇胡亂做將去，自有水到渠成日子。如子髯之才，天下事何不可爲？祇怕慎重太過，不肯拼着便做。勉之哉！毋負知己相成之意可也。

沈廣乘

沈廣乘，沈鳳翔，字孟威，號廣乘，丹陽人。萬曆二十年（一五九二）進士。時任蕭山知縣。在任修堤壩以防水患，頗有政績。

人生作吏甚苦，而作令爲尤苦，若作吴令則其苦萬萬倍，直牛馬不若矣。何也？上官如雲，過客如雨，簿書如山，錢穀如海，朝夕趨承檢點，尚恐不及。苦哉，苦哉！然上官直消一副賤皮骨，過客直消一副笑嘴臉，簿書直消一副强精神，錢穀直消一副狠心腸，苦則苦矣，而不難。唯有一段没證見的是非，無形影的風波，青岑可浪，碧海可塵，往往令人趨避不及，逃遁無地。難矣，難矣！

尊兄清聲華問，清聲，清美的聲譽。華問，美好的聲譽。問，通『聞』。灌滿耳根，來劄何爲過自抑損？若弟則終爲不到岸之苦行頭陀而已矣。王寧海王寧海，王演疇，字箕仲，彭澤人。萬曆二十年進士。授寧海知縣。爲政寬和，官至桂林知府。過姑蘇，弟適有潤州之行，不及一面，惆悵曷勝。

劉子威

劉子威，劉鳳，字子威，長洲人。嘉靖二十九年（一五五〇）進士，官至河南按察司僉事。

走非不願作官，奈事與心違耳。昨早有父老具呈者，不肖便書紙尾云：『鄉遥心懶，忍作宦遊之人；食少事煩，恐是長眠之客。』雖一時戲筆，然不肖方寸，方寸，即心。心處胸中方寸間，故稱。大約盡於此矣。

懷令伯報劉令伯報劉，典出李密上《陳情表》向皇帝乞求奉養劉姓祖母一事。之情，薄太真絶裾太真絶裾，典出《晉書・温嶠傳》：『（温嶠）除散騎侍郎。初，嶠欲將命，其母崔氏固止之，嶠絶裾而去。』温嶠，字泰真，一作太真。之忍，高弘景掛冠弘景掛冠，典出《南史・隱逸傳下・陶弘景》：『（陶弘景）家貧，求宰縣不遂。永明十年，脱朝服掛神武門，上表辭禄。』之致，抱元亮五斗之慚，元亮，即陶淵明。此處用他不爲五斗米折腰典故。無安仁河陽之花，安仁，即西晉文人潘岳，字安仁。他在河陽做縣令時廣植桃李，人號『河陽一縣花』。有長卿文園之病，長卿，即司馬相如，字長卿，蜀郡（今四川南充）人。西漢大辭賦家。曾任文園令。因他有消渴之疾（糖尿病），後常用『文園之病』代稱此病。兼此數者，可能一日安於地方耶？一字非欺，高明體察。

潘去華

潘去華，即潘士藻，字去華。爲三袁兄弟至交。

海内人士，不肖睹幾半矣。如丈廓達爽朗，真不可多得。當由多劫，不曾染半點塵俗氣、書生氣、紗帽氣故耳。即此便是踞毗盧毗盧，毗盧舍那（亦譯作毘盧遮那）之省稱。即大日如來。一説爲法身佛的通稱。頂，坐獅子王位。獅子王位，即獅子座。指佛所坐之處。而丈尚爾徘徊于色界諸天、五欲之場，雖菩薩寄位，寄位，寄位五相。出《華嚴經隨疏演義鈔》。一、寄位修行相；二、會緣入實相；三、攝德成因相；四、智照無二相；五、顯因廣大相。不分染淨，染淨，佛教術語。愛著之念及所愛著之法謂之染，解脱之念及所解脱之法謂之淨。然亦是門外草庵耳，安可遂認爲棲息之處耶？

夫今之爲閣部大臣子者，大則蔭卿貳，卿貳，次於卿相的朝中大官。小亦二千石而上，可謂榮且遇矣。然而有志之士寧求一舉，寧作一秀才，雖公車公車，漢代官署名，後也代指舉人進京應試。屢詘，不以此而易彼，何也？以男兒各有出身之路也。今明明一尊大佛，不自招認，而必欲借庇蔭於他人，丈或別有授記授記，佛教語，佛對發心之衆生授與當來必當作佛之記別。耶？抑欲借此以覺悟愚蒙耶？若爾，則真大慈大悲之用心，非不肖所能窺測也。

桃源盛事，不肖深信之，然不肖終要自己尋一出頭，或仙或佛，決不敢從他人問路，請以質之了凡先生了凡先生，袁黄，號了凡。著作甚多，以《袁了凡家訓》流傳較廣。如何？既同出世作師友，少有所蓄，便當吐出，萬惟財察。財察，裁取審察。財，通『裁』。

徐少府

徐少府，時任吴縣縣丞，姓名不詳。應即《乞改稿》二所云『同徐縣丞、詹主簿至後堂盤庫籌算』之徐縣丞。

誰不樂作官？第有至情萬不得已者，雖爲亦無味矣。食無味，兒女子皆知吐之；官無味而不知吐，必且嘔噦嘔噦，嘔吐。隨之，至於身命俱喪而後已，此不肖日夜所痛心者也。箭既離弦，無返回勢，幸財察。

朱虞言

朱虞言，朱一龍，字虞言，景陵人。萬曆二十年（一五九二）進士。時任蘇州府推官。聽訟明斷，與知府朱燮元、同知朱芹有『一郡三朱』之譽。遷吏部主事，纍官考功郎中。

司理

連牘不得請，嘔血癥遂大作，近已作床褥中物，不知可得起否。懷萬不得已之情，行大不相干之事，苟未免有腸，亦復誰能遣此，病也宜矣。惠開惠開，即南朝宋人蕭惠開。有言：『人生不得行胸臆，縱年百歲猶爲夭。』今有懷不能宣，有性命不能保，縱三公猶爲賤也，况乃區區一令乎！人生如寄，多憂何爲？走能有幾條腸，堪此百憂煎爍耶！

曹以新、王百穀

曹以新，即曹子念，字以新，太倉人。王世貞甥，世稱其近體歌行酷似其舅。爲人灑脱，重然諾，有河朔俠士風。有《快然閣集》十卷。

連日頭眩目昏，嘔血數斗，恐遂不能起，未免以墓文纍大筆也。奈何哉，奈何哉！不肖此時唯首丘首丘，狐狸死時要把頭朝向自己出生的山丘。後指歸葬故鄉。是望，報劉報劉，即令伯報劉。又屬第二着矣。嗟夫，聖明在上，小臣雖不敢效彭澤之轡，曳漆園之尾，然亦安可以性命殉官爵耶！鄙志决矣，高明察之。

方子公

小兒子未落胎毛，詎識之無？識之無，相傳唐白居易生下來七個月時，就認得『之』『無』兩個字。事見《新唐書・白居易傳》。後遂稱稍爲認得幾個字、讀過幾天書的人爲『略識之無』。公非爲上大人師者，病中鬱鬱無況，欲借談鋒，少寬窄腸耳。雖懷朱育朱育，字嗣卿，山陰（今浙江紹興）人。少好奇字，凡所特達，依體象類，造作異字千餘。三國吴太平年間，仕郡門下書佐。以與太守濮陽興問對聞名，條答會稽古今人物以及漢以來郡治遷徙。後仕朝，常在臺閣，爲東觀令，遥拜清河太守，後位至侍中。之奇，愧非侯巴之問，謹令家僮下榻，設皋比皋比，虎皮。古人坐虎皮講學，後因以指講席。以候。

王衷白

聞近日精進甚，何無一字相示？弟自去秋百事叢冗中，忽然悟得。身在吴縣作官，比來舌頭已入口内，眉毛亦闔眼上矣。引用佛教公案。舌頭，姚秦鳩摩羅什譯《佛説阿彌陀經》云六方諸佛如果講了欺騙十方衆生的話，那麽舌頭伸出來就回不去了。眉毛，見《碧巖》八則、《從容録》七十一則：『翠巖夏末示衆云：一夏已來爲兄弟説話，看翠巖眉毛在麽？』不知衷白頭顱已覓得未？亦是佛教典故。《梵網古跡記》上：『雖失浄戒，經説即悔，亦得重受。不同聲聞如斷頭者，現身不能復入僧數。』斷頭者，犯斷頭罪者。有便報我。空書空書，自謙佛學淺薄，不敢賣弄之意。遞上，甚不雅觀，然亦不敢説窮。平生最嫌哭窮的人，今日安可效之？笑笑。

小修

潘雪松潘雪松，即潘士藻，字去華，號雪松，桃溪坑頭村人。萬曆十一年（一五八三）進士及第，與御史大夫鄒南皋等人爲明道至交。一生主張『克己而後能格心，正身而後能糾邪』。後人贊他『政績在郡縣，風采在廟廊，信義在交遊，宗族學術在天下』，評價極高。留吴二日，與之肆談，甚快。今世講學無出此公之上者，有眼如天，有胸如日，有口如河。若得此人學道，所就甚不可量，成佛作祖，反掌間耳。

近聞大人同諸舅結社樂老，極是極是。有玉蘭作師矣，可無弟子宋禕弟子宋禕，即石崇的寵姬緑珠的弟子，有國色，擅吹笛，後入晉明帝宫中。乎？傳語柱下柱下，相傳老子曾爲周柱下史，後以『柱下』爲老子或老子《道德經》的代稱。尊極圖之。

海内豪士，如吴江、靖江諸君俱死矣，止彭澤在耳。吴人張隱君有言：『吾積財以防老也，積快活以防死也。』名言哉！窮官無可奉大人諸舅者，謹緘二語獻上，弟轉呈之。

家報

近日與諸舅尊諸舅尊，龔仲慶、龔仲安，龔仲敏此時在山東。作禪會，尤是樂事。有一分，樂一分，有一錢，樂一錢，不必預爲福先。福先，福的先導。指善。《莊子・刻意》：『不爲福先，不爲禍始，感而後應。』兒在此隨分度日，亦自受用，若有一毫要還債，要潤家，要買好服飾心事，豈能脱灑如此耶！田宅尤不必買，他年若得休致，但乞白門白門，江蘇省南京市的别名。六朝皆都建康（今南京市），其正南門爲宣陽門，俗稱白門，故名。一畝閑地，茅屋三間，兒願足矣。家中數畝，自留與妻子度日，我不管他，他亦照管不得我也。人生事如此而已矣，多憂復何爲哉！

朱司理

册葉八紙，俱已如命。其中王、曹、兩張，王，即王穉登。曹，即曹子念，兩張，即張鳳翼、張獻翼兄弟。負名已久。若錢希言，錢希言，字簡棲，號象先，吴縣（一作常熟）人。博覽好學，刻意爲詩。詩文爲湯顯祖、屠隆、袁宏道稱賞。而恃才負氣，不屑奔走權貴之門，稍不如意開口便駡，人爭避之，卒以窮死。則吴中後來儁才，名不及諸公，而才無出其右者。明公觀詩，當自知之。

曹魯川

曹魯川，即曹允儒，字魯川，太倉人。起明經，授龍巖知縣。

走弱冠即留意禪宗，迄今無所得。然竊聞之，禪者定也，又禪代不息之義，如春之禪而爲秋，晝之禪而爲夜是也。既謂之禪，則遷流無已，變動不常，安有定轍，而學禪者又安有定法可守哉？且夫禪固不必退也，然亦何必於進？固不必寂也，亦何必於鬧？是故有脱屣去位者，則亦有現疾毗耶現疾，指維摩詰顯病身説佛法事。毗耶，毗盧遮那。者；有終身宰執者，則有沉金湘水者。人心不同，有如其面，可以道途轍跡，議華嚴不思議境界華嚴不思議境界，見唐于闐三藏提曇般若譯《大方廣佛華嚴經不思議佛境界分》。耶？夫進退事也，非進退理也。即進退，非進退，事理無礙也。進不礙退，退不礙進，事事無礙也。即進即退，故曰行布不礙圓融；進者自進，退者自退，故曰圓融不礙行布。法爾如然，豈容戲論。且佛所云小始終頓小始終頓，華嚴宗判教爲五，即小教、始教、終教、頓教、圓教。等教云者，豈真謂諸教之外，別有一圓教哉？政以隨根説法，故有此止啼之黄葉止啼黄葉，佛教語。《涅槃經·嬰兒品》：『嬰兒行者，如彼嬰兒啼哭之時，父母即以楊樹黄葉而語之言：莫啼，莫啼！我與汝金。嬰兒見已，生真金想，便止不啼。然此黄葉實非金也。』耳。不知諸佛出世，小即是圓，何必捨小？圓亦是權，何必取圓？尚無有深，何有於淺？華嚴迥出常情，政在於此。故經中如主山神，主河神，飛行夜刹，大刀鬼王，人非人等之類，一切皆冠以佛號，微而一草一木，皆是毗盧遮那見身。各各不相羡，各各不相礙。安有初中等教爲小乘，而圓教爲大乘之理？此皆後來小根小根，祇能接受小法的根性。阿師傳虚證實，故有此謗法之譚。試看《通玄解》《通玄解》，應該指的是遼志福《釋摩訶衍論通玄鈔》。中，有此情量之語否耶？若謂真有小始等教，又自有一圓教，是教外有剩法，不得謂之圓矣。若謂圓教可以該小始等教，而小始等教不能該圓教，是大中能現小，小中不能現大，亦不得謂之圓矣。佛不捨太子乎？達磨不捨太子乎？當時便在家何妨，何必掉頭不顧，爲此偏枯不可訓之事？似亦不圓之甚矣。要知佛之圓，不在出家與不出家；我之圓，不在類佛與不類佛；人之圓，不在同我與不同我。通乎此，可以立地成佛，語事事無礙法界矣。區區行藏，如空中鳥跡，去即是是，留亦非非，自不必以佛法爲案。且佛亦人也，豈有三頭六臂乎，何用相慕哉？因來諭及華嚴法界，故敢盡其狂愚，唯終教之，千萬著眼。准提准提，佛教菩薩名。梵語的音譯。意爲『清净』。密宗列爲蓮華部六觀音之一。其形相作三目十八臂。像、華嚴文，謹領，謝謝。昨因伏枕，不能裁答，今晨强起，草草奉復。

張幼于

張幼于，即張獻翼，字幼于，後更名敉，長洲人。張鳳翼之弟。約明神宗萬曆初前後在世。嘉靖中國子監生。爲人放蕩不羈，言行詭異，與兄鳳翼、燕翼并有才名，時稱『三張』。

走支離無用人也。無用故不宜用，無用亦自不求用，此自常理，無足怪者。夫吏道有三：上之有吏才，次之有吏趣，下則有之以爲利焉。吏才者，吏而才也。吏而才，是國家大可倚靠人也，如之何而可不用哉！吏趣者，其人未必有才，亦未必不才，但覺官有無窮滋味，愈勞愈佚，愈苦愈甜，愈淡愈不盡，不窮其味不止。若奪其官，便如奪嬰兒手中雞子，雞子，雞蛋。啼哭隨之矣。雖欲不用，胡可得耶？若夫有之以爲利者，是貪欲無厭人也。但有一分利可趍，便作牛亦得，作馬亦得，作雞犬亦得，最爲汙下，最爲可厭。然牛馬雞犬，世既不可少，則此等之人，亦可因大小方圓而器之矣。

獨生則有大乖戾不然者，不才無論矣，又且與烏紗無緣，既不能負重致遠，又不安司晨守夜，此等之人，雖分文用亦無矣。尚可不知進退，處居人間繁苦地耶？勉强年餘，頓成衰朽，心神俱困，癆瘵癆瘵，即肺癆，肺結核病。遂作，決意求歸，亦其宜爾，豈真效令伯之顰，學元亮之步哉！

江進之

連日伏枕，見佳作，不勝技癢，上官迫弟甚，奈何？嵇康平生不喜弔喪，弟最不喜爲壽文，幸轉求之。有暇過我。

李本建

李本建，即李維標，字本建，京山人。李維楨弟。萬曆十四年（一五八六）進士，任國子監典簿。

連日奔波，百倍牛馬，片刻少閒，又爲睡魔所尼。尼，阻止，阻攔。《墨子》：『淫囂不靜，當路尼衆。』思此時仁兄與士安先生士安先生，李維楨，字本寧，號士安，京山人。隆慶二年（一五六八）進士。由庶吉士授編修。博聞强記，與同館許國齊名，館中爲之語云：『記不得，問老許；做不得，問小李。』婆娑緑葉陰下，不啻仙矣。腰肢作惡，無緣得對二先生談鋒，奈何！

吴曲羅司理

吴化，字敦之，號曲羅生，黄安人。萬曆二十三年（一五九五）進士。時任鎮江府推官，善斷疑獄，後擢户部主事。

朱魚六尾，謹專人齎上，其佳惡俟明公鑒定。不肖言惡則涉謙，言好則涉誇，且慮識鑒不精，倘貽明公之笑，將奈何？

伯修

陶石簣書來，甚悔出京之速。前見王衷白，尚未點差，此是好消息。凡朋友相對時，覺甚容易，別後甚難爲情，何況學道人又以友爲性命者乎？

石簣約以初秋會于石湖、虎丘之間，此中望友如望歲，不知何日得了縣債，放開無量口，吐出廣長舌，現三頭六臂神通，與諸上人對談也。

皇甫二泉

皇甫二泉，即皇甫仲璋。

抱牘抱牘，抱持案牘。指辦理公文。之苦，甚於抱病；簿領簿領，官府記事的簿册或文書。之趣，惡於藥餌。不佞恨病不深耳。但得長病，即是閒人。

聶化南

聶雲翰，字搏羽，號化南。昆山知縣，時年升任兵部主事。

丈口碑在民，公論在上，些小觸忤，何足芥蒂？且丈夫各行其志耳。烏紗擲與優人，青袍改作裙褌，角帶毀爲糞箕，但辨此心，天下事何不可爲？安能俛首低眉，向人覓顏色哉！丈負大有用之姿，具大有爲之才，小小嫌疑，如洪爐上一點雪如洪爐上一點雪，語出《景德傳燈録》十四《長髭曠章》：『石頭曰：「汝見什麽道理便禮拜？」師曰：「據某甲所見，如洪爐上一點雪。」』耳。無爲禍始，無爲福先，無爲名屍，名屍，名譽之主。謂囿於名譽。珍重！

陶石簣

僧來，讀手書，知兄已是不疑，但不疑即悟，悟即了，今不疑又不了，此何説哉？弟猶記少年未上公車時，聞燕都壯麗，日夜嘆羨。及戊子之冬，戊子之冬，即萬曆十六年（一五八八）冬。是年袁宏道中舉，入京會試。計偕至京，見其人物街市，泥塗塵土，與楚地初無甚異，不覺大失望。纔入彰義門，便私念曰：『豈京師之佳麗，而竟若爾？』及走盡棋盤街，看盡八九條衚衕，而弟心始死，不復作京師想矣。今兄已到順城門内，決無再有一京師之理矣，何爲而不了哉？

伯修書來，知其近日快活之甚。吾兄此時在家作何狀？相與何人？何日可赴太湖之約？太湖之約，即前牘中提及的『石簣約以初秋會于石湖、虎丘之間』。乞一的示。弟前者陳情之牘五上，不得請，閉門兩月，復出視事。弟意甚不快，此時尚欲乞歸，無人能爲地者。聞新直指直指，指巡按御史。原爲漢武帝時朝廷設置的專管巡視、處理各地政事的官員。也稱『直指使者』，因出巡時穿著繡衣，故又稱『繡衣直指』，或稱『直指繡衣使者』。爲兄同鄉同年，望一轉達，倘若見許，弟即杜門以待。大官誰不願做，然大官累人，遠不如閒散之可以適志也。人生如此而已矣。近日得卓僧《豫約》卓僧《豫約》，卓僧，李贄。《豫約》，原爲李贄爲自己所作遺書。諸書，讀之痛快，恨我公不見耳。并聞。

陳志寰

陳志寰，名所學，徽州知府。

徽州治行，卓絶乃爾。往來談者，稱不容舌，足驗吾兄道力。《華嚴經》以事事無礙爲極，則往日所談，皆理也。一行作守，頭頭是事，那得些子道理！看來世間畢竟没有理，祇是事。一件事是一個活閻羅，若事事無礙，便十方大地處處無閻羅矣，又有何法可修、何悟可頓耶？然眼前與人作障，不是事，卻是理。良惡叢生，貞淫蝟列，蝟列，蝟毛豎列。形容多而密。有甚麼礙？自學者有懲刁止慝懲刁止慝，懲治刁民，抑制奸佞。之説，而百姓始爲礙矣。一塊竹皮，兩片夾棒，有甚麼礙？自學者有措刑止辟措刑止辟，放置刑法，停止罪行。種種姑息之説，而刑罰始爲礙矣。黄者是金，白者是銀，有甚麼礙？自學者有廉貪之辨，義利之别，激揚之行，而財貨始爲礙矣。諸如此類，不可殫述，沉淪百劫，浮蕩苦海，皆始於此。雖然，世豈有貪酷不事事，可一日安於民上者乎？則中郎此言，未免爲無忌憚小人增一番口實矣。請急着眼，無事虛談，有便誨我。

孫太府

孫太府，即孫成泰，浙江平湖人。萬曆五年（一五七七）進士。初爲蘇州同知，萬曆二十三年（一五九五）擢知府。

走以謭劣，謬辱知遇，天高地厚，未足方比。匪獨青雲思附，亦謂高山在望，朝夕可得仰止耳。不意明公趣深林泉，興衰圭組，拂衣東歸，如脱羅之鵠，潛翮之鳳。致令走黄口奪乳，生育失怙。宦海風濤，頃刻萬狀，舵師既去，此後將不知飄泊何所矣。昨聞榜人榜人，船夫。榜，船。夜發，走狼狽奔馳，莫知所措。纔抵尹山，尹山，地名。在吴縣與吴江縣之間。來者謂仙舟已過吴江，吴江，水名。即吴淞江，一名松陵江、蘇州河。古稱笠澤。爲太湖支流三江之一。遂愴然而返。走生平見異骨異人，無逾明公者，衹此一舉，真可愧今之口談性命而身趨榮利者。走也不敏，願隨後塵。

陶石簣

家子瞻子瞻，指袁宗道。時任翰林院編修。子瞻（蘇軾）乃子由（蘇轍）之兄，袁宏道在此用子瞻代指自己的兄長，是一種調侃的說法。快活殊甚，一冷太史冷太史，冷清的太史官。日騎瘦馬，走長安市上，不知有何好面孔，而歡天喜地若此。弟望山人來如渴，今月内鹽使者鹽使者，巡鹽御史。方按部，按部，巡視部屬。駐崑山，計半月内可了事。山人之行也，以廿五六爲期如何？但考察正是閒時，蘇至崑復甚近，此時至吴，弟爲山人置一浮宅，浮宅，即船。朝夕聚談，可得十日閒，尤是佳事。若爾，則盛使還便可發舟矣。中秋日謹候山人於虎丘之上，幸勿爽期。

吴曲羅

走病瘧，幾無復人理。倏而雪窖冰霄，倏而爍石流金，南方之焰山，北方之冰國，一朝殆遍矣。夫司命司命，掌管生命的神祇。可以罰此下土者良多，何必瘧也。毒哉！

蒙以諸士文見委，其中堪入梓入梓，刻印成書。者十七篇，可改者亦十七篇，改者皆知名士，或可無負明命。明命，聖明的命令。病耗之餘，鑒定恐未及精，是罪。

朱司理

走病十不能去二三，聞跫然之音，尚爾驚怖，況能見故人耶？餘熱作惡，濕痰如塊，橫注胸中。蓋自復瘧來，尚未下榻，止劉醫輩從床臥間診視，即長洲令長洲令，指袁宏道好友長洲縣令江盈科。已無復一面矣。龍鍾龍鍾，行動不便的樣子。辛楚，畏風日如強敵，不知何日可得稱人，荼毒哉！

沈何山

沈何山，即沈演，字叔敷，號何山，湖州府烏程縣（今浙江省湖州市）人，沈節甫之子。萬曆二十年（一五九二）進士。

阿三阿三，即袁中道。自吳中歸，極口稱兄慧力，且云：『茲遊也，得良友二：何山雋不傷道，所就殆不可量；若其意氣相與，則焦尊生焦尊生，字茂直，江寧（今南京）人。焦竑第三子。萬曆二十五年（一五九七）貢生。善詩及真行書。亦可人也。』三以去歲九月，從大同來吳，已復從吳入越，轉之彰郡，至今歲三月始歸。三自稱所得佳士，雲中則梅客生，京師則王、黃、蕭、顧四太史，王、黃、蕭、顧四太史，王圖、黃輝、蕭雲舉、顧天埈。四人均在翰林院供職，故稱四太史。一女校書，通州則顧侍郎，顧侍郎，顧養謙。會稽則陶石簣，杭則大小虞，大小虞，虞淳熙、虞淳貞兄弟。鄣則潘去華，潘去華，潘士藻。客路則蔣蘭居、焦三。焦三，焦尊生。數子者，或以學，或以文，或以氣，傾蓋一接，頗相知賞，三亦自快得士。未及半載，足跡幾半天下，蕩子行徑如此，可發一笑。

何湘潭

何湘潭，何起升，萬曆二十年（一五九二）進士。時任湘潭知縣。

作令如啖瓜，漸入苦境，此猶語令之常。若夫吴令，直如吞熊膽，通身是苦矣。山水風光，徒增感慨，顧安得如仁兄所云云者哉！吏情物態，日巧一日；文網機阱，日深一日；波光電影，日幻一日。更復十年，天下容有作令者耶？仁兄聲名籍甚，又楚蜀地近，人情或不相遠，當無此苦。然令爲苦因，苦是令果，一行作吏，便當同之，但分數有多寡耳。天池佳者得十斤，付去役。焦老師處曾起居否？弟方瘧伏枕，字畫粗醜，幸原之。

董思白

董思白，即董其昌，明代著名書畫家。字玄宰，號思白、香光居士。著有《畫禪室隨筆》《容臺文集》《畫旨》《畫眼》等。

青牛過函谷，而關尹適病，雖走之機緣未偶，然爲尊丈省五千言著述之苦矣。此處用老子騎青牛出函谷關典故。走一病兩月，無復人理，隨即將乞休去，泉石鐘鼎，鐘鼎，喻富貴榮華。《吕氏春秋·節喪》：『夫玩好貨寶，鐘鼎壺濫，輿馬衣被戈劍，不可勝其數。』意趣别矣。何日得把臂揮麈，共探玄旨耶？

朱司理

走病實不堪勞，勞則發動，性命敢作兒戲乎？數日内聞赴閻王之招者數人，王子聲王子聲，王一鳴。死，李丹陽李丹陽，李天棟，字吉軒，京山人。萬曆二十三年（一五九五）進士，授丹陽知縣。亦死矣，病吏那得不求去也。萬惟從臾從臾，亦作「從諛」。慫恿，勸説。從，通「慫」。令得早離任爲幸。與明公交瀝肺肝，若重官而輕下吏之命，恐非明公厚故人意也。懇切，懇切。

龔惟長先生

病中忽外大父外大父，即龔大器，袁宏道外祖父。訃至，一痛幾絶。因思前外大母仙逝時，甥方問道龍湖，問道龍湖，指萬曆二十二、二十三年袁宏道去龍湖拜訪李贄。未得一訣。今復匏繫姑蘇，隔絶萬里，出門數語，便成今昔，痛哉，痛哉！然既已八十餘二，極人間之上壽，官至方岳，方岳，傳説堯命羲和四子掌四岳，稱四伯。至其死乃分岳事，置八伯，主八州之事。後因稱任專一方之重臣爲『方岳』。玉樹滿庭，玉樹滿庭，語出《世説新語・言語》，後用來指優秀的子孫輩。優遊林下十五年，極人間之至樂，五濁世五濁世，『五濁惡世』的省稱。佛教謂塵世中煩惱痛苦熾盛，充滿五種渾濁不浄，即劫濁、見濁、煩惱濁、衆生濁和命濁。中，福緣報緣止此矣，當復何望？獨學問一事，未得上手，不免再來，然已種有根因矣。以此知人世不可不急學道也。

轉眄之間，光影已失，甥頭纔有二毛二毛，顔色不同的毛髮，指白髮。矣，可慮哉！瘧病雖稍痊，大不堪勞，又念二白髮二白髮，雙親。甚，以茲堅意乞休。若得如願，尚當與尊窮極微茫，直抵佛位，人生事如此而已矣。作官祇爲妻子口食，然奔波已甚；求名祇爲一生官位，然焦蒿已甚。縱位至臺鼎，名加孔、墨，所樂無幾，喫苦已多，祇是愚人不醒耳，知者一眼看得破也。三舅尊念當窮甚，然尚有爛穀千斛可賣。若甥此回，直從天寧洲借盤纏爾。借來借去，有何了時，此生安有還債之理？以此知甥尤不可不急學道也。不然，牛馬豬狗，輪轉安有極耶？

欽叔陽秀才

院試當極得意，試題近《庸》，而難於下手，不知公何以措辭。大約善人是狂，有恒是狷，無恒即鄉原。鄉原，即鄉願，《論語·陽貨》：『鄉願，德之賊也。』夫無恒豈易言哉？三代而下，盡是此一種人，馳聲走譽，比善人有恒，更覺完美。善人不踐跡，彼卻步步學堯、舜；有恒踽踽涼涼，彼卻與物無忤。祇是他學無本原，所以仁爲似仁，義爲似義，故曰不可入堯、舜之道。聖人之惡，正惡其源頭不清耳。若是尋常虛誇的人，則見者聞者皆知惡之，奚煩大人口頰哉！

張幼于

兩種俱奇物，觀罷即十襲藏之十襲藏之，包裹十層，喻珍視程度之重。矣。暮景荒凉，復有此痛，傷如之何？然公自是何點、謝敷何點，何求弟，廬江灊人。少不仕。南朝齊永明元年徵他爲中書郎，豫章王命駕造門，點從後門逃去。謝敷，晉人，字慶緒，會稽（今浙江紹興）人。入太平山十餘年，郗愔召爲主簿，後徵博士，皆不就。工隸草，善寫經，信佛。一輩人，當無奉倩奉倩，即荀粲，字奉倩。三國魏玄學家，東漢名臣荀彧的幼子。《世説新語·惑溺》：『荀奉倩與婦至篤。冬月婦病熱，乃出中庭自取冷，還以身熨之。婦亡，奉倩後少時亦卒。』年僅二十九。後用『奉倩傷生』形容悼亡之痛。傷生之戚。所諭容與少公圖之，不一。

伯修

弟以是月復舉一子。舉之朝，張幼于忽送唐六如唐六如，即唐寅，字伯虎，一字子畏，號六如居士、桃花庵主、魯國唐生、逃禪仙吏等。手書《金碧經》《金碧經》，或稱《古文龍虎經》，簡稱《龍虎經》《龍虎上經》。一，吴匏庵吴寬，字原博，號匏庵、玉亭主，世稱匏庵先生。明代詩人、散文家、書法家。手卷一。弟謂他日可成一段佳話，遂小名曰虎子，而以匏翁字之。

近日學問如何？前陶石簣兄弟見訪，自言爲聞見所累。弟謂靈雲見桃，靈雲，唐代僧人，因睹桃花而悟道，禪林稱爲『靈雲見桃明心』。此亦見也；香嚴擊竹，香嚴，唐代僧人。於剪除雜草時以瓦片擊竹，聞聲悟道。此亦聞也。聞見安能纍人哉？因語及永明壽永明壽，永明延壽，五代高僧。次，弟謂永明見地未真。陶曰：『何以知之？』弟謂永明一向衹道此事是可以明得的，故著《宗鏡》《宗鏡》，即《宗鏡録》。一書，極力講解，而豈知愈講愈支，愈明愈晦乎？陶亦豁然有深省處，陶生死心切甚。乃弟字公望，爽朗軒豁，大有我家三哥風。良友相逢，政如景星慶雲，景星，即德星。慶雲，即祥雲。偶一相聚，不可多得。

會王、黄、顧、蕭諸太史，爲我致謝。云吴縣有一無孔鐵錘，無孔鐵錘，佛學用語。鐵錘無孔即無柄，無著手處。欲向貫城市上尋一面塗毒鼓塗毒鼓，佛學用語。謂塗有毒料，使人聞其聲即死之鼓。作對，不知阿誰遭毒手者。弟乞休已決，數日内便可作無事人，快哉，快哉！

李健翁

李健翁，李元善父，袁宏道岳父。

鶴母霜夫來，知復愉快。蔬園插菊，柳下彈棋，彈棋，古代博戲之一。泛指下棋。生人之樂止此矣。近病，病不即好，閱四月未視事。求歸不能，即歸，不知何日得登青葉之樓，眺長江之水？言之淚下。

羅郢南

羅郢南，即羅隱南，袁宏道姻親。

楚、吴往來，使者絡繹，見黄鶴黄鶴，即黄鶴樓。則開口而笑。入有餐，出有犒，病者藥，没者没者，死去的人。棺，計壺漿行李之類，半歲之内，費不下數萬餘錢。咄哉！中郎乃以一官，纍親家翁矣。瘧來四月，連牘乞歸，尚不得請，邀幸已十痊其五六。終日説官苦，不知病更苦；説做官難，不知求去更難。自入秋來，見烏紗如糞箕，青袍類敗網，角帶似老囚長枷，進退狼狽，實可哀憐，不知丈何以見策？

張幼于

以令致病，以病解令。令致病，令誠苦哉！病解令，病不樂我耶？吴中無足繫去客足繫去客，指使自己留戀的人或事物。者，獨大小何君，大小何君，何良俊、何良傅兄弟。經年未得傾腸一吐爲恨耳。

馮琢庵師

馮琦，字用韞，號琢庵，一字卓庵，臨朐人。萬曆五年（一五七七）進士，改庶吉士，授編修。歷官禮部右侍郎、禮部尚書。爲政勤勉，深惡官吏崇佛，曾上疏主張嚴厲禁止。袁宏道鄉試主考官，故稱師。

讀邸報，知拂衣還里。謬謂趣深泉石，興衰圭紱耳。不意遂抱大痛，殊切惋歎。然以垂白之年，倦遊林下，不謂不適；門施行馬，行馬，攔阻人馬通行的木架。一木横中，兩木互穿以成四角，施之於官署前，以爲路障。俗亦稱鹿角，古謂梐枑。明清之際，衙署及大第宅門旁猶有設者，俗稱拒馬杈子。庭滿芝蘭，不爲不貴。福緣如此，自當含笑蜕去，何恨哉！石火電光，理無常照，雞骨支床，雞骨支床，《世説新語·德行》：『王戎和嶠同時遭大喪，俱以孝稱。王雞骨支床，和哭泣備禮。』昔賢所慮，願益加餐自愛。至於《蓼莪》之篇，《蓼莪》之篇，即《詩經·小雅·蓼莪》一篇。則二三弟子廢吟久矣。宏病五月，屢牘乞休，竟不得請。然宏意已決，賤體稍愈，便當策蹇扣門，與師共窮生死之奥、不朽之旨。興言及此，自覺狂謬，惟師恕之。

丘長孺

去歲一秦賈至，曾寄丘郎書，書中言小修被盜事甚悉，長幾丈餘。來劄至，突云無書。丘郎偶忘之耶？抑賈不甘作附書郵邪？可怪！世人無敢不答書者，必如丘郎乃敢不書，然亦真不須書也。何也？他人無書必嗔，嗔必怪，怪必毒；丘郎即不免嗔，然決無毒我理，不須書一。丘郎所喜者，豪俠之客，妖冶之容，山水之勝，病子雖吏吳兩載，耳實未聞，眼實未見，口實未譚，顧安得如上事與丘郎描寫之，不須書二。所見伊何？案牘比簿也，所聞所談伊何？紮火囤紮火囤，明代流氓無賴用女色設局詐取財物的訛詐手段。宋時稱『美人局』，清時稱『仙人跳』。也，明見萬里明見萬里，對上官的恭維話。此處列舉做縣令的種種瑣事。也，著實打三十竹皮也，丘郎聞之，亦當爲我解頤否耶？不須書三。夫以三不須書之丘郎，而遇懶一忙二病三之袁仲子，然則鱗鴻之未便，蹤跡之靡定，賈人之浮沉，又可勿論矣。

讀來詩，無一字不佳。五七言古及諸絶句，古質蒼莽，氣韻沉雄，真是作者。當爲詩中第一，見在未來第一。五言律不浮次之，七言律又次之。大抵物真則貴，真則我面不能同君面，而況古人之面貌乎？唐自有詩也，不必選體選體，舊稱南朝梁蕭統《文選》所選詩歌的風格體制。也；初、盛、中、晚自有詩也，不必初、盛也。李、杜、王、岑、錢、劉，下迨元、白、盧、鄭，李，李白。杜，杜甫。王，王維。岑，岑參。錢，錢起。劉，劉長卿。元，元稹。白，白居易。盧，盧綸。鄭，鄭穀。此處列舉唐代名詩人。各自有詩也，不必李、杜也。趙宋亦然。陳、歐、蘇、黃陳，陳師道。歐，歐陽修。蘇，蘇軾。黃，黃庭堅。此處列舉宋代名詩人。諸人有一字襲唐者乎？又有一字相襲者乎？至其不能爲唐，殆是氣運使然，猶唐之不能爲選，選之不能爲漢魏耳。今之君子，乃欲概天下而唐之，又且以不唐病宋。夫既以不唐病宋矣，何不以不選病唐，不漢魏病選，不三百篇病漢，不結繩鳥跡病三百篇耶？果爾，反不如一張白紙，詩燈（詩燈，詩法，詩旨，詩門。）一派，掃土（掃土，舉境，全境。）而盡矣。夫詩之氣，一代減一代，故古也厚、今也薄。詩之奇之妙之工之無所不極，一代盛一代，故古有不盡之情，今無不寫之景。然則古何必高，今何必卑哉？不知此者，決不可觀丘郎詩，丘郎亦不須與觀之。

弟一病數月，上官已許放歸矣。過團風（團風，位於湖北省東部。古稱烏林，商代爲舉國屬地。三國古戰場之一，羅貫中筆下的『三江口』，就在今團風舉水河與長江的結合部分。）幸出一會，弟先遣人報知。近作頗有得意處，刻成當呈。

湯鄖陸

（湯鄖陸，即湯沐，字鄖陸，安陸人。萬曆二十年（一五九二）進士。時任錢塘知縣。）

弟以病得休，掛帆歸矣。每聞西湖之勝，欲於燈節（燈節，即正月十五元宵節。）前後，杖藜一來，湖水可以當藥，青山可以健脾，逍遥林莽，欹枕巖壑，便不知省卻多少參苓丸子矣。但不識關門令尹能辨青牛氣色不？

陶石簣

瘧鬼甚成就我，畢竟成就我去，快哉！弟欲於燈節前後，過西湖養病，便邀君家兄弟盤桓數時。借山水之奇觀，發耳目之昏瞶；昏瞶，眼睛昏花。假河海之渺論，驅腸胃之塵土。咄咄，袁生不復事人間事，亦不復人世間人矣。有興便過天台，入雁蕩，涉南海，令弟儒巾籠頭，儒巾籠頭，謂有學業在身。恐不能偕，兄當同我。蘇和仲蘇和仲，即蘇軾。云：『人生遇適意事，不妨便爲之。』此時不爲，直待作閣老歸林下而後爲，恐那時興寄轉闌耳，如何？二兄去後，弟爲作紀事詩一章，指五言長詩《陶石簣兄弟遠來見訪詩以別之》。書卷頭奉覽。并小刻往。

王聞溪

王聞溪，即王禹聲，字文溪，一作聞溪，吴縣人。萬曆十七年（一五八九）進士。

一病五月，幾往太山治鬼。往太山治鬼，《三國志·魏志·管輅傳》：『正元二年，弟辰謂輅曰：「大將軍待君意厚，冀當富貴乎？」輅長歎曰：「吾自知有分直耳，然天與我才明，不與我年壽，恐四十七八間，不見女嫁兒娶婦也。若得免此，欲作洛陽令，可使路不拾遺，枹鼓不鳴。但恐至太山治鬼，不得治生人，如何！」』徼福得少痊，然已面如煙，骨如繫，肘如戟，移牘歸矣。去吴無可戀者，獨不得數奉教，未盡讀震澤之書，聽君家先世之餘論，震澤，指王禹聲的前輩王鏊（一四四九—一五二四），字濟之，號守溪。著有《震澤編》《震澤集》《震澤長語》《震澤紀聞》《姑蘇志》等。王禹聲則有《續震澤紀聞》一卷。爲恨耳。伏枕上不能作長箋，幸照察。

江進之

年丈年丈，年伯。科舉時代爲對父親同年登科者的尊稱，明代中葉以後亦用以稱同年的父親或伯叔，後用以泛指父輩。欲弟忍者，忍苦乎？忍病乎？若忍苦則吴縣亦不甚苦，弟與兄遊戲亦能辦之，此不必忍也。若忍病則病安可忍？前次與兄談不及數言，坐不及片時，而一勞遂復淹淹二月，尚不能起，是可忍也，孰不可忍也？且世有終日杜門，五月不視事之知縣乎？貪庸甚矣。年丈不諒，誰當諒者？若復不信，試至榻前一看如何？

董思白

一月前，石簣見過，劇譚劇譚，暢談。五日。已乃放舟五湖，觀七十二峰絶勝處，遊竟復返衙齋，摩霄極地，無所不談，病魔爲之少卻。獨恨坐無思白兄耳。

《金瓶梅》《金瓶梅》，蘭陵笑笑生著，明代長篇世情小説。從何得來？伏枕略觀，雲霞雲霞，喻文采。南朝梁劉勰《文心雕龍·原道》：「雲霞雕色，有逾畫工之妙。」滿紙，勝於枚生《七發》多矣。後段在何處，抄竟當於何處倒换？幸一的示。

曹以新

讀佳作，古質蒼莽，如枯松老柏，疏豎昂霄。不肖迷陽笛迷陽笛，無孔的笛子。迷陽，無所用心；詐狂。耳，聊以引玉，何敢言詩哉？佳賜不敢不領，黃條已繫水田衣水田衣，明代時裝，以各色零碎錦料拼合縫製而成，形似僧人所穿的袈裟。因整件服裝織料色彩互相交錯形如水田而得名。也叫百衲衣。上，子墨便貯豹皮囊豹皮囊，豹皮做的袋子。用以藏墨，可防潮濕。中矣。枯守衙齋，望上官牘如望赦，諸容面盡。

華之臺

華之臺，即華士標，字之臺，無錫人。萬曆十七年（一五八九）進士。時授翰林院典籍。後官至刑部郎中。

不肖抱病謝事，欲於錫城錫城，即無錫。尋一僻居，調攝數月，而交知甚寡。吾鄉王幼度，王幼度，即王制，字幼度，京山人。萬曆二十二年舉人，署上海教諭。除龍門知縣，遷涿州知府。有《緑竹堂詩集》。每會極口推服足下，云不可不一結識，因欲徼惠徼惠，請求加惠，求取恩賜。覓一居停主。居停主，居停主人，寄居之處的主人。指房東。不肖初甚躊躕，未敢汗顏，既而思之，快士千里同風，丈夫相與，豈必覿面而後稱交遊哉！且幼度雋人，不妄許可，幼度友即吾友也。若不肖以言涉未同，不敢通刺；足下復以未同見訝，則世無男子矣。此世俗之見，既不忍自待，又安敢以之待足下邪？冒昧奉瀆，奉瀆，謙辭，謂致書以事相煩。不擇市村，但屋瓦可以蔽風雨，牆垣可以遮妻孥，床几可以坐賓客者皆可。寫至此，亦覺汗頰，惟照原照原，看顧原諒。之。解維解維，解開纜索。指開船。在即，良晤有期。

管東溟

寄吴兩載，相知相愛，不盡無人，但其道義相與、傾肝吐膽者，惟足下一人。初意欲俟亂繩少解，鉛刀鉛刀，鉛做的鈍刀，比喻資質愚鈍的自身。稍閒，便欲追隨，究竟究竟，探求。儒佛之奥，商略生死之旨。而猜嫌忽至，謗議遂成，足下深居避影，不肖亦望岫息心。積衷萬斛，一語未吐，豈盡人事，殆亦天意焉。

病來五月，雞骨支床，面貌如煙，肘指如戟，宦心灰冷，歸腸迫切，不肖雖愚，豈以七尺易一官？不肖行矣。賤眷業已解維，不肖候印交即發。生年三十，頭毛種種，縱不能驂鸞駕鶴，消摇雲海，亦當率行胸懷，極人間之樂。奈何低眉事人，苦牛馬之所難，貌妾婦之所羞即『妾婦之道』。指對上司或同僚絶對服從的卑劣作風。乎？不肖行矣！

孫心易孫心易，孫成泰。

楚人仕吴者若雲，獨弟以不才，爲鬼神所罰，雖然，安知不爲福？弟性亢藏，亢藏，耿直倔强。不合於世，罪過丘積，眈眈虎視，誰能原我者。仁丈英聲華聞，沸躍一時，去後之復，是在仁丈。伏枕字畫醜甚，原之。

王孟夙

王孟夙，即王在公，字孟夙，號性海，崑山人。萬曆二十二年（一五九四）舉人。授高苑知縣，遷濟南同知。解官後，以學佛爲業。

有官之樂，即有官之苦；有病之苦，即有病之樂。以官得病，此官苦也；以病得歸，此病樂也。官病相隨，是消息理；苦樂相生，是輪回趣。然則世法豈有常哉？以爲樂而甘之，則樂亦苦矣；以爲苦而逃之，則苦亦樂矣。唯有一種至人，觀苦於樂先，故曰不爲福始；耽樂於苦中，故曰行乎患難。若我輩則必待情景既至，而後識之，其去莊周、列御寇遠矣。彭澤非八十日不知折腰之可憎，隱居非乞一令之難不知神仙之可學。古人猶爾，何況後生？拂衣西歸，良晤無期，不爲少文之五岳，少文之五岳，宗炳，字少文。東晉末至宋元嘉中，當局屢次徵他作官，俱不就。漫遊山川，西涉荆巫，南登衡岳，後以老病回江陵。則當效方朔之金門，方朔之金門，東方朔大隱於朝廷故事。僕志定矣。

顧紹芾秀才

顧紹芾，字德甫，崑山人，顧炎武祖父。嘉靖時南京兵部侍郎顧章志之子。太學生。能詩，有《夢庵集》十卷。

人生願欲，決無了時。作童生者，以得青衿（青衿，周代學子的服裝，明代指秀才。）爲了，然一入學宮，而不了猶故也。作孝廉（孝廉，漢武帝時設立的察舉考試，要求被試者『孝順親長、廉能正直』。明代爲舉人雅稱。）者，以得烏紗爲了，然一登甲第，而不了猶故也。未得則前途爲究竟，途之前又有途焉，可終究歟？已得則即景爲寄寓，寓之中無非寓焉，故終身馳逐而已矣。且夫生之急於貴，死之甚於賤審（審，明顯。）矣，一童子辨之，豈必賢知而後覺哉？然而今之作推知中行（推知中行，推官，明朝爲各府的佐貳官，掌理刑名、贊計典。知，知縣、知府、知州。中行，唐宋時，尚書省分六部爲三行。以兵、吏及左右司爲『前行』，刑、户爲『中行』，工、禮爲『後行』。）者，恨不一日即三載也。何也？以促三載，有京官之利也。官臺省（臺省，指政府的中央機構。）者，恨不一日即八九載；官翰苑者，恨不即時髮白齒落也。何也？以老科道有堂卿之利，老翰林有入閣之利也。愛富貴之心，甚於愛生；惡貧賤之心，狠於惡死。茫茫不返，滔滔皆是，即賢智或不免焉，愚哉，貪哉！病中勘得此機甚透，故果於拂衣。小刻（小刻，谦称自己的書稿。）二種敬上。

何常熟何常熟，即何節，漢州人。萬曆二十三年（一五九五）進士。時任常熟知縣。

身雖傖人，幾爲傖鬼，身雖傖人，幾爲傖鬼，語本《晉書·陸玩傳》：『玩嘗詣（王）導食酪，因而得疾。與導牋曰：「僕雖吳人，幾爲傖鬼。」』這里袁宏道反其意而用之。晉南北朝時，南人輕侮北人爲『傖』。傖鬼，猶言北方之鬼。傖，代指吳地。脱冠西行，實出無奈。丈英聲騰躍，不肖傾慕久矣，共事以來，僅一交臂而失之，無論肝膽未罄，即皮毛髮膚之言，不及吐露一字。人生離合，信有制哉！

朱司理

走蕭散無用人也。一入吳縣，如鳥之在籠，羽翼皆膠，動轉不得，以致鬱極傷心，致此惡病。大抵病因於抑，抑因於官，官不去，病必不痊。今聞上官有予假之命，予假之命，指給予病假。是活埋我也，死無日矣。夫君行令，臣行意，掛冠神武，掛冠神武，即陶弘景辭官，掛冠神武門事，見前注。擁被北窗，擁被北窗。陶潛《與子儼等書》：『常言五六月中，北窗下卧。遇涼風暫至，自謂是羲皇上人。』天子不能行之於臣下，矧矧，何況。悠悠聖世？原無錮人以官、待人以死之理。拚一黜廢，何求不得？而奈何草菅性命，必欲羈之縴縴，繩索。此處意爲束縛。之，走豈無脛者哉？妻孥行李，皆已發行，走亦刻日去矣，千萬轉達。至望，至望。

朱司理

下吏有何高致，欲效梅福、梅福，字子真，九江郡壽春（今安徽壽縣）人。少年求學長安，是《尚書》和《穀梁春秋》專家。西漢南昌縣尉，經常上書言政。後去官歸壽春。陶潛輩？政無奈病苦何耳。上官加意，豈得不知？但下吏有一切喻：夫美女贈人，人爭悅之，然不可以贈病者，何也？謂其有損無益也。今官之可好，雖如美色，病者得之，適以殘生。左手自刎，右手得天下，愚者不爲也。故贈病人莫如藥，贈病官莫如歸，事有相反而實相成者，此之謂也。明公既爲下吏擔當決去，稍需未爲不可。但眷屬皆發，孤苦之甚，病勢益深，恐三五日不能待矣。

張幼于

次君次君，尊稱對方弟弟。何名，一時失記，非難記也。幸示。已爲君家兄弟得二詩，隨當録呈。

諸學博

諸學博，舉人出身。萬曆二十三年（一五九五）任吴縣教諭。

徐庶心先亂，陶潛懶愈堅，此不肖近況也。欲一日留地方何可得？父老攀留，見此中人心之厚，然不肖去志已如離弓之箭，入海之水，出嶺之雲，落地之雪矣。問長洲公長洲公，江盈科。當知我苦心，諒之。

錢象先

僕極口項斯項斯，字子遷，號純一，稱元旺公，唐朝詩人。仙居人。初不得志，後得國子監祭酒楊敬之推薦，聲名始振。後也用項斯代指推薦才士的做法。唐李綽《尚書故實》：『楊祭酒敬之愛才。公心嘗知江表之士項斯，贈詩曰：「處處見詩詩總好，及觀標格過於詩。平生不解藏人善，到處逢人說項斯。」』後因以『逢人說項』謂到處稱揚人善。久矣。茂苑雖多士，當今無出公右者。曩於長洲亂集中識之，明月夜光，見者稱寶。奚必波斯胡波斯胡，即波斯人，借指識寶之人。哉？一病六月，竟爾拂衣，方陶爲多，方潘爲少，鄙薄何敢執鞭古人，如蟲蝕木，偶爾成文耳。《三都賦》成否？世不乏玄晏先生，玄晏先生，即皇甫謐。传曾爲《三都賦》作序。何必僕也。讀扇頭作，是齊梁高手，僕陽五伴侶耳。小刻奉博一笑。

王百穀

衙齋荒寂如野寺，幸二老成老成，老成人，年高有德的人。《尚書・盤庚上》：『汝無侮老成人，無弱孤有幼。』不棄，時復見枉，奇談逸語，驅卻兩年塵土腸胃。但恐機緣漸熟，別腸益苦，奈何！小集四册致上，拙語數首録呈請教。

朱司理

乍脱宦網，如遊鱗縱壑，倦鳥還山，向非明公假其毛羽，亦何以得此？吏隱吳門，著書數種，略有可觀，刻成當呈上求削。求削，求删改，自謙之詞。走性與俗違，官非其器，萬念俱灰冷，唯文字障未除。曳尾山中，但得任意歌詠，鼓吹休明休，吉祥。明，聖明。足矣。立德立功，自有青雲故人在，明公勉爲之，毋遽生心丘壑也。兩年爲格套所拘，不得少吐寸腸，便中略布區區。容專使致辭。

徐漁浦

徐漁浦，徐泰，字漁浦。吴縣人。官至太僕寺少卿。

吏吴兩載，罪過丘積。唯足下若以爲可教也者，每至名園，則談笑移日，絲肉競作，不肖亦每每心醉而歸。不意一病，遂至暌別。朱華綠池朱華綠池，三國魏曹植《公讌詩》：『秋蘭被長阪，朱華冒綠池。』此處代指宴集。之約，竟落夢境。人生離合，信有制哉！吏道如網，世法如炭，形骸若梏，可以娱心意悦耳目者，唯有一唱一詠一歌一管而已矣。過此則有太上之至樂，窮天地之奥妙，發性命之玄機，究生死之根源，别儒佛之同異，足下倘有意乎？不肖願執鞭策而從事矣。家舅手卷妙甚，恨無大作耳。册上願乞一言，以光丘壑。不肖住梁溪，梁溪，原爲流經無錫的一條重要河流，古稱梁清溪。代稱無錫。約有月餘，不知册可待不？外小刻二册，呈覽請教。

范長白

范允臨，字長倩，一字長白。明代官員、書畫家。南直隸蘇州府吳縣（今屬江蘇）人。萬曆二十三年（一五九五）進士，官至福建布政司參議。工書畫，時與董其昌齊名。解官歸，築室天平山。有《輪廖館集》。

讀家郗公家郗公，即范允臨岳父徐泰。晉代郗鑒曾爲王羲之岳父，故後用郗公代指岳父。卷尾詩，清新婉麗，有唐名家風，健羨，健羨。不肖於韻語不能作，而意頗好之。吏綱縛人，遂令三寸之管，截爲刀筆；三寸之管，指毛筆。刀筆，古代竹簡記事，錯則用刀刮去，後用來指案牘之事。騷律之學，飾爲爰書。爰書，秦漢時的司法文書。面貌塵土，腰肢卷曲。即文雅若足下，未得傾腸吐露一語。吏道穢雜如此，身非木石，安得不病，病又安得不即歸也。小刻二種呈上，詩皆少時之作，無可觀者，聊資捧腹。吏吳有《錦帆集》，刻成當專致請教。

江進之

序文佳甚。錦帆錦帆，相傳吴王於城中開鑿大濠，自南至北，作錦帆以遊，號錦帆涇。若無西施當不名，若無中郎當不重；若無文通之筆，文通之筆，雙關語。暗指江進之的文采可比祖先江淹（字文通），妙筆生花。則中郎又安得與西施千載爲配，并垂不朽哉！一笑。

倪崧山倪大器，字崧山。海澄人。萬曆二十年（一五九二）進士。時任歙縣知縣。

與仁兄共事一方，未緣一通聞問。大約手疲於僉判，僉判，即簽判，處理公文。眼疲於簿領，心疲於錢穀，腰疲於曲折，自無閒工夫通書問郵，此縣官常態也。仁兄倘亦同之邪？

一病五月，遂爾投冠，投冠，棄官。今已放舟五湖，作物外人。會敝社友陳太府，幸道袁生已是投林倦鳥，縱壑遊鱗，秋杪或有黃山、白岳之遊，爲貯美酒三十石可也。餘非所望也。

王瀛橋

王瀛橋，即王福徵，字星甫，號瀛橋，慈溪人。萬曆二十年（一五九二）進士。萬曆二十一年至二十六年（一五九三—一五九八）任嘉定知縣。纍官户部主事。

病是苦事，以病去官，是極樂事。官是病因，苦爲樂種，弟深得意此病，但恨害不早耳。一笑。

江進之

弟意欲往杭，無他，不過欲尋閑淡之方丈，遠閨閣之佳人，寫山水之奇勝，充貧官之囊槖，稍暖即圖歸計矣。窮博士有何好趣？弟已將進士二字，抛卻東洋大海。候命下，即自上一乞休本，了卻前件，作世間大自在人。直待江郎作吏部尚書三年後，髮白齒落，然後將一粒金丹點化江郎，同證大果，證大果，佛教指修行圓滿。豈不快哉！所云事不敢勞兄，祇欲見兄知得耳。若以世情得度者，應現世情身而爲説法，如何？

黄綺石

黄蘭芳，字器之，號綺石。時任金壇知縣。

一病幾作吴鬼，幸而得請，此天憐我也。病時每每怨天，及官去病痊，始知天意止欲奪弟官，未嘗欲奪弟性命也。則又感念此翁，以爲真具天眼，真不愧作天。何也？弟實不堪作官，奪官何害？官實能害我性命，則奪之正所以保全之也。乍脱塵網，如巨魚縱大壑，揚鱗鼓鬣。鬣，魚鰭。不唯悔當初無端出宰，且悔當日好好坐在家中，波波吒吒，波波吒吒，象聲詞。形容喘氣聲。覓甚麽鳥舉人進士也。弟生平好作迂談，此談尤迂之甚，然在弟受用如此，亦怪井底蝦蟆不得也。一笑。

李本建

弟近日宦情，比前會兄時，尤覺灰冷。已謀一長守丘壑計，擲卻烏紗，作世間大自在人矣。少時望官如望仙，朝冰暮熱，想不知有無限光景；一朝到手，滋味乃反儉于書生。至於勞苦折辱，不啻百千倍之，奈何不令人摧撞息機也。辟如嬰兒見蠟糖人，啼哭不已，及一下口，唯恐唾之不盡。作官之味，亦若此耳。

小修在家應考，那得閒工夫到白下，白下，南京。傳言甚可笑。舊説吴語可信一半，如此看來那一半也是虛的。然則阿婆蓋盡與人矣，安得一毛屬自己邪？笑不盡，歎不盡。

聶化南

敗卻鐵網，打破銅枷，走出刀山劍樹，跳入清涼佛土，快活不可言，不可言。投冠數日，愈覺無官之妙。弟已安排頭戴青笠，手捉牛尾，牛尾，即拂塵。永作逍遥纏纏，煩惱之異名。煩惱能纏縛衆生，令衆生輪回於生死之牢獄，故名爲纏。有三纏、八纏、十纏等區别。又，經部稱煩惱之種子爲隨眠，謂煩惱之現行爲纏。此外，如來藏自性清浄心隱藏在煩惱纏縛中，稱爲『在纏』或『真如在纏』。若如來藏脱離煩惱之纏縛，稱爲『出纏』或『真如出纏』。外人矣。朝夕焚香，唯願兄長不日開府開府，古代指高級官員建立府署并自選僚屬之意。楚中，爲弟刻《袁先生三十集》乙部，兄爾時毋作大貴人哭窮套子也。不誑語者，兄牢記之。

張幼于

擲卻進賢冠，作西湖蕩子，如初出阿鼻，（阿鼻，佛教中地獄。）乍升兜率，（兜率，欲界六天的第四層天，在此天之人，對於自身及外界感受，生喜樂知足之心。）情景不可名狀。自今以往，守定丘壑，割斷區緣，再不小草人世（小草人世，指不會輕易踏足人世間俗事。）矣，快哉！

昔士安作傳，不録兩龔，（士安，即皇甫謐。兩龔，即漢代龔勝和龔舍的合稱。）六百日縣令，（六百日縣令，袁宏道自稱。）業已恐遂不得與幼于同傳。但彭澤、黔婁，（彭澤，陶淵明。黔婁，戰國時齊國的賢士，齊、魯國君都請他做官，他堅持不做。）先之，舊史俱編入隱逸矣，何恨哉！

馮秀才其盛

割塵網，升仙轂，出宦牢，生佛家，此是塵沙（塵沙，猶塵世。）第一佳趣。夫鸚鵡不愛金籠而愛隴山（隴山，古爲鸚鵡産地。）者，桎其體也；雕鳩之鳥，不死於荒榛野草而死於稻粱者，違其性也。異類猶知自適，可以人而桎梏於衣冠，豢養於禄食邪？則亦可嗤之甚矣。

一病幾死，幸爾瓦全，未死之身，皆鬼獄之餘，此而不知求退，何以曰人？病中屢辱垂念，忽承大士之賜，甚隆素懷，走欲言之久矣。謝不盡。

陶石簣

病夫竟解官矣，至湖上矣。君家兄弟幸如約早過一譚。病夫此來，攜得有二十斗珠璣，二十斗珠璣，形容妙語。當與君家兄弟共之。

湯鄖陸

聞鹽使者方至，因憶令君端執手板，奔波道旁，腰肢爲之作痛。麯櫱麯櫱，酒麯。代指酒。之賜，感不可言，紛厖厖，雜亂。中不忘故人乃爾。弟昨與友人言，吾儕居此，但得地主不餉王不留行餉王不留行，典出《世説新語·儉嗇》：『衛江州在尋陽，有知舊人投之，都不料理，唯餉王不留行一斤。此人得餉，便命駕。李弘範聞之曰：「家舅刻薄，乃復驅使草木。」』指下逐客令。王不留行，一種中藥材，善行血，取『雖有王命而不能留其行』之意。餉，贈送。足矣。何緣復當此横施横施，極意施與。哉？來劄云『酒畢再來取』，此一語甚妙，弟讀畢捧誦再過，復令小奚取筆，旁加數圈，然則弟可謂勇於服善者矣。

朱司理

住錫山頗悶，將戒舟，戒舟，即戒舟慈棹，指佛教中的戒律和慈善就像航船一樣擺渡衆生。戒，戒律。而撫臺音至，云當候部覆，以是益悶。遂乃放舟西湖，極意縱觀。六橋感子瞻之陳跡，西陵歎綺羅之荒草，鳳林覓鳥窠之旁枝，孤山夢處士之梅鶴。盤桓數日，宿痌痌，疾病。爲之頓解。無何，而陶周望至，約以是月遍觀飛來、五雲諸勝，計桃花落後，便可卒事。近又聞黄山之中，有一異人，甚得無生無生，《大寶積經》卷八七：『無生者，非先有生，後説無生，本自不生，故名無生。』佛教指不生不滅的涅槃真理。之旨，益深企慕，將遂策杖而往。如能因病發藥，療我百劫糾纏之病，不肖將祝髮祝髮，削髮，指出家。而從事，永作方外人矣。

任心到此，安得不適？又安可責以人間世哉？南北東西，隨緣即住，一破衲頭，安往而不得貧賤者乎？初意欲作一書，辭諸上官，既而思之，貧賤之人，姓名不祥，不宜入簡牘。又欲具刺則不敢，手板則無謂，以此自告免狀。上官如明公者能幾人，敢作如此放肆語邪？著屐著屐，指行程。頗忙，狂顛滿紙，唯恕察。

江進之

西湖桃柳之勝，綺羅之豔，山水之奇，大率言不能盡。近得陶石簣同遊尤佳。石簣甚稱吾兄兩敘。兩敘，指江盈科爲宏道的《敝篋集》《錦帆集》所作的序文。近聞黄山有一異人，蹤跡奇秘，不肖將遂往觀之。或即渡江，探會稽、五泄，或泛海參十二面大士，參，參拜。十二面大士，即十二面觀音。或從海道入雁蕩，上武夷，俱未可知。但有好山水，有米糧，一月也得，一年也得，不必安排。前欲作字謝上官，自今思之，亦没來由。既已投卻烏紗，作一刻自在人，尚可寫蠅頭手本，手本，訴狀。舊屬知縣字樣，汙人眼目乎？省得一事，是一事便宜，此山人家窮算計也。一笑。

梅客生

走一病六月，竟爾改官。前者從枕上得尊劄讀之，痛快不可言。因笑謂家人曰：『梅公不難捨開府，袁生何有一小小知縣邪？』既而思之，知縣賤而卑，捨之甚易；開府貴且尊，捨之甚難。知縣可捨，開府不可捨也。何也？開府無簿書牛馬之纍，終日高坐堂皇，其折腰跪拜者，皆金紫金魚袋及紫衣，代指重臣。也，既不妨飲酒，又不妨好色，又不妨參禪。開府官漸大，位漸高，三年一蔭，六年二蔭，若作二十年，便蟬聯奕世蟬聯，蟬蛻變前後樣子不變，後形容世間連續保持的事物。矣。三者皆高名厚利，不可捨之實也。操此三捨不得，而梅公必欲捨，袁生必欲勸梅公捨，豈不迂而不更事哉！

顧沖庵用世好漢也，蔣蘭居廉謹醇儒也。沖庵豪傑人，蘭居真學道人，不肖聞之阿三如此，俟明公異日鑒定。阿三至吴即歸。卓老一袈裟地竟不能有，卓老，李贄。此句指李贄在麻城受迫出走事。天下事安得不以理論哉？

虞長孺、僧孺

《溪上落花詩》妙甚。夜來讀之，至不能寐。何物無情，作此有情語，兩髮僧髮僧，帶髮僧人，指虞長孺、僧孺兄弟。不憂破具足邪？連日坐酒食地獄，稍得出頭，當攜舊麈毛來，與公對擲，二公真何氏兄弟再來也。然求不談理，胤不戒饞，何氏兄弟，即南朝齊梁間的何求、何點、何胤三兄弟，隱居不仕，以孝友稱。傳何胤嗜肉食，故曰胤不戒饞。二公見處又高古人一著子矣，何代無奇士哉！

孫心易

一月住西湖，一月住鑑湖，野人放浪丘壑，怡心山水，一種閑淡，不敢輕易向官長言，恐無端惹起人歸思，冷卻人宦情，當奈何！弟前路未知向何處去，唯知出路由路而已。山行之忙，忙於作官，草草奉復。不多及。

羅澄溪

羅相，字澄溪，新建人。萬曆二十年（一五九二）進士。授會稽知縣。

病賤罷官之人，姓名不祥，不宜入簡刺，以是道山陰時，不敢通一字。舟過蕭山，偶爲探子所得，自恨魚服（魚服，指微服。）不深，然亦竟夜引去。草茅（草茅，在野未出仕的人，平民。比喻淺陋微賤的人。）禮數，自當如此，非敢爲倨傲也。分俸過侈，謝謝。果然之腹，乃得一月糧，何幸如之。

與仙人論性書

讀吴觀我吴觀我，即吴應賓，字尚之，南直隸桐城（今安徽省桐城市）人，一字客卿，號觀我，方以智的外祖父。明萬曆十四年（一五八六）進士。問答文字，知師卓識玄旨，斷斷乎以形神俱妙爲期，下士賤士，踴躍慶倖之不暇，何敢妄置一辭？雖然，洪鐘法鼓，不叩不鳴，浮漚細沫，巨海不擇，試竭蛙腸，敢陳膚論。

夫心者萬物之影也，形者幻心之托也，神者諸想之元也。生死屬形，去來屬心，細微流注屬神。形有生死，心無生死；心有去來，神無去來。形如箕，然諸仙赴箕，赴箕，降箕。舊時求神問卜的一種巫術。施術者扶箕在碎米、沙盤或紙上畫寫成文字，以示神靈降旨，謂之『降箕』，又稱降筆。偶爾一至，箕之成壞，無與於仙。若使爲仙者認箕爲我，必欲使之堅固不壞，則亦愚惑甚矣。心雖不以無物無，然必以有物有，辟之神若無箕則無所托。因問有對，因塵有想，因異同有分别。此心無前塵，與瓦石無異，故曰妄言。妄者言其謬妄不實，如俗言説謊扯淡是也。神者變化莫測，寂照自由之謂。然莫測即測，自由亦自，自即有所，由是何物。極而言之，亦是心形煉極所現之象，雖脱根塵，實不離根塵。經曰『湛入合湛，歸識邊際』《楞嚴經》卷十闡述五藴的邊際與次第關係時説：『唯色與空，是色邊際。唯觸及離，是受邊際。唯記與妄，是想邊際。唯滅與生，是行邊際。湛入合湛，歸識邊際。』是也。識即神也。玄沙玄沙，即福州玄沙山宗一禪師，名師備。唐末五代高僧，福州閩縣人。少年爲漁者，年三十，投芙蓉之訓禪師剃髮受具戒。尋就雪峰之存禪師契悟玄旨，初住普應院，後遷玄沙。梁太祖開平二年寂，壽七十五。云：『縱汝到秋潭月影，静夜鐘聲，隨叩擊以無虧，逐波濤而不散，猶是生死岸頭事。』正是指此神識。此識生天生地，生人生物，不識不知，自然而然。從上大仙，皆是認此識爲本命元辰，本命元辰，原指本命星與出生年柱，此處指人的本質。所以個個墮落有爲趣中，多少豪傑，被其没溺，可不懼哉！然除卻箕，除卻形，除卻心，除卻神，畢竟何物爲本命元辰？弟子至此，亦眼横鼻竪，未免借註腳於燈檠筆架去也。笑笑。

夫師現今有知所不足者，非身也，一靈真性，亘古亘今，所不足者，非長生也。毛孔骨節，無處非佛，是謂形妙；貪嗔慈忍，無念非佛，是謂神妙。天堂地獄，無情有情，無佛非佛，是謂拔宅飛身，拔宅飛身，成仙。但恐師未到此境界耳。若透此關，我身我心我神，皆如鏡中之影，水上之沫，有何閒圖度爲他計算長久哉？一切計較，皆緣見性未真，誤以神識爲性。既誤認神，便未免認神之軀殼；既誤認軀殼，便將形與神對，性與命對。性與命對，故曰性命雙修；形與神對，故曰形神俱妙。種種過計，皆始於此。若夫真神真性，天地之所不能載也，浄穢之所不能遺也，萬念之所不能緣也，智識之所不能入也，豈區區形骸所能對待者哉！鄙意如此，不知玄旨以爲如何？唯終教之。

陳正甫

近日挈盧遨（盧遨，古代人物，喜遊歷。）輩，竦身雲清，偶爾飛錫（飛錫，謂僧人執錫杖飛空。此指僧人遊方。）至此，問此下界人，始知爲尊兄國土。既爾狹路相逢，不得不爲作三日留。城外浄室乞一間，須浄而香乃可，不則打掃斗山上書室也。留歙大約不過三日，即往齊雲，幸勿令人知。

伯修

弟以二月初十日離無錫，與陶石簣兄弟看花西湖一月，不忍極言其樂。復與石簣渡江，食湘湖蓴菜，探禹穴，弔六陵，住賀監湖十日。又復從山陰道過諸暨，觀五泄，留連數日，始從玉京巖歸。平生未嘗看山，看山始於此。已又至杭，挈諸君登天目，住山五日。天目奇勝，甲於西浙。又欲赴山中之約，因便道之新安，爲陳正甫所留，縱談三日，幾令斗山（斗山，在今安徽歙縣境内。此處代稱新安。徽州古稱歙州，又名新安。宋徽宗宣和三年（一一二一），改歙州爲徽州，府治在今歙縣。）諸儒逃遁無地。已復道巖鎮，客潘景升家，東西南北名士湊集者，不下十餘人，朝夕命吳兒（吳兒，吳地的歌女。）度曲佐酒。擬即發足齊雲，遊竟從新安江順流而下，將攜家住南中（南中，泛指南方地區。）過夏。

自墮地來，不曾有此樂。前後與石簣聚首三月餘，無一日不遊，無一遊不樂，無一刻不謔，無一謔不暢。

不知眼耳鼻舌身意，何福一旦至此，但恐折盡後來官祿耳。潘景升忒煞有趣，是丘大、袁三丘大，即丘坦。袁三，即袁中道。一輩人，已約同至杭，道蘇之白下矣。西湖看花是過去樂，巖鎮聚首是見在樂，與景升南遊是未來樂，此後家何處客何處，總不計較，以世上事總不足計較也。丘大亦客南中，買居秦淮，弟已約爲鄰。

近來詩學大進，詩集大饒，詩腸大寬，詩眼大闊，世人以詩爲詩，未免爲詩苦，弟以《打草竿》《劈破玉》打草竿，又作『打棗竿』。民間廣爲流傳的古老曲牌，盛行于明萬曆年間。爲詩，故足樂也。石簣間一爲詩，弟無日不詩。石簣無日不禪，弟間一禪。此是異同處。虞長孺兄弟是真高士，但其學問大有可商。每云悟後方可調心，神通出方是佛，大率爲教典所誤。僧孺頗有悟機，只爲執定己見，不肯虛心參訪，不曾遇着一個大力量宗師，所以執藥成病，然卻是吾輩益友。於陳正甫處，得圓覺解，是圓覺解老兄耳。正甫道心切甚，但無奈太爺高，道低；太爺大，道小；太爺聰明，道癡。以此對面不相識。山中人已約至吳孝廉家，弟轉首即會他，未知彼度度，點撥。我我度彼。吳觀我去歲住山五月，眼尚醫不好。觀我不急自家眼，而急娘生眼，又自家一雙光光眼不肯看人，而反欲借金篦金篦，指銅和箘竹。古代治眼病的工具。於他手，不亦惑乎！法會兄弟近日精進如何？

趙無錫

趙應元，字有鶴，一字葆初，新會人。萬曆二十三年（一五九五）進士。時任無錫知縣。

弟看花西湖，訪道天目，往返吴、越間四閲月。足之所踏，幾千餘里；目之所見，幾百餘山。其他登覽贈寄之作，亦幾成帙。帙，原意爲書皮。後用來指代成卷册的書。丘壑日近，吏道日遠，弟之心近狂矣癡矣。聊述其顛末，以博尊兄一笑。賤眷居錫城久，似爲部下人，今者各寫治生治生，舊時部屬對長官或旅外官吏對原籍長官的自稱。始於明代。帖子矣。

沈廣乘

浙西之山，無過天目，奇邃不可言。白嶽石亦奇，但稍板，大爲天目所形。若使先登白嶽，不知賞識當何如也？山固有遇有不遇哉！

徐崇白

辱遠使，知公念我。遊惰之人，都無毫忽人世想，一切文字，皆戲筆耳，豈真與文士角雌較雄邪？至於性命之學，則真覺此念真切，毋論吴人不能起起，啓發。余，求之天下無一契旨者。俗士不知，又復從而指之，可笑哉！禪自有機有鋒，生所説者，皆機也鋒也。學問中之事，豈宜令文人墨士觀哉？數日圖歸，方子公或上岸，生徑行矣，幸勿跡跡，追尋蹤跡。之。

王百穀

讀來敘，佳甚。往歲會諸名士，都無一字及禪。以故吴令時，每以吴儂不解語關於『吴儂不解語』，張幼于認爲指的是自己，宏道解釋此『尤與幼于無交涉』，但提到吴中無談性命名理之人，且幼于也不例外。爲恨，不知百穀之有意乎禪也。然則僕之不能盡百穀者尚多，奚獨禪也？吴越佳山水，登覽略盡，恨不能一一舉似百穀。叔乂叔乂，姚士粦，字叔群，原籍浙江海鹽，早年以寫照自給，亦時作畫。同郡沈思孝出撫陝西，召粦入幕。及思孝被讒，調撫河南，粦乃不復求仕，與陳繼儒、曹學佺、胡震亨以奥博相尚，搜討遺文秘簡，考據原委。例補國子生。馮夢禎爲南祭酒，校刻南北諸史，俱出其手。入清後窮餓以死。著有《蒙吉堂詩集》《見只編》《後梁春秋》《北魏春秋》《海鹽圖經》等。去時，匆匆未及報謝，舟中勒勒，寫下。數字，托小白小白，據宏道《夏日同龍君超、傅仲執、蕭季星、龔散木、彭長卿、崔晦之、小修、王小白泛舟便河得橋字》一詩推測，應爲王小白，籍貫生平未詳。轉致之。

錢象先

扇頭諸絶，鮮妍如花，淡冶如秋，蒽翠如山之色，明媚若水之光，林和靖、陳無己陳無己，即陳師道，北宋詩人。字履常，一字無己，號後山居士。彭城（今江蘇徐州）人。一生安貧樂道，閉門苦吟，有『閉門覓句陳無己』之稱。江西詩派重要作家。著有《後山先生集》，詞有《後山詞》。不足道也。鄙薄不能屬和，奈何？吳越佳山水，登覽略盡。詩文已又成帙，恨不令錢郎讀之。擬即往棲霞棲霞，即南京。南京有棲霞山，故名。度夏，有興能棹一舟相訪乎？

華中翰華中翰，華士標。

一別三月，往返二千餘里。家屬居尊宅若家，不肖望梁溪若鄉。賈島云：『無端更渡桑乾水，卻望并州是故鄉。』不免有牢騷意，若僕則樂之矣。人豈蝦蟆蝦蟆，别本作『兒女』。也哉，而思鄉乎？夫鄉者，愛憎是非之孔，愁慘之獄，父兄師友責望之藪也。有何趣味而貪戀之？浪仙亦愚矣哉！

妻孥僮僕，若將終焉，此尤事之極奇者，非賢主人真心愛客，焉得有此？謝謝。但此地去蘇太近，今回亦不可久，便欲移之瓜步矣。小詩成帙，當敬上。

王百穀

方小白來，已致一牘，遺之耶？抑尚未及投耶？本擬夜道姑蘇，不意爲邏卒所得，江侯江侯，即江盈科。以舡舡，古同『船』。逆之寶帶橋，至寒山痛飲而別。聞曹以新遂不禄，不禄，死去。語出《禮記·曲禮》：『天子死曰崩，諸侯死曰薨，大夫死曰卒，士曰不禄，庶人曰死。』可傷！衙齋聚首三人者，亡其一矣。此翁無子，身後得無他慮，是人間第一快活事。但尚有一女，亦是業障。男女有何佳處？徒爲老年增幾重纍，至死猶閉眼不得，苦哉！前過白岳，見求子者如沙，不覺顰蹙。僕亦隨衆命道士通詞，通詞，傳話。但云某子已多，此後只願得不生子短命妾數人足矣。聞者笑之，因書之并博足下一笑。

明日遂行，買舟恐亦無及，野人誓守丘壑不出矣。會晤之間，當在天宫佛土中邪？眼前事如牛毛，然今日牛毛，明日龜毛龜毛，龜毛兔角，龜生毛，兔長角。本指戰爭的徵兆。後比喻不可能存在或有名無實的東西。《楞嚴經》卷一：『無則同于龜毛兔角，云何不著？』《萬善同歸集》卷五：『何起龜毛兔角之心，作虵足鹽香之見！』矣。唯有禪誦一事，近可以消遣時日，遠可以乞果來生，不肖所以自勵勵足下者，惟此一事實，餘二則非真。

朱司理

下走此行，甚不唐捐。自春徂夏，耳目既奇，良朋復多，觸思驚心，大獲利益。往猶見得此身與世爲礙，近日覺與市井屠沽，山鹿野獐，街談市語，皆同得去；然尚不能合汙，亦未免爲病。何也？名根未除，猶有好净的意思在。於是有譽之爲雋人則喜，毁之爲小人則怒，與人作清高事則順，作穢鄙事則逆。蓋同衹見得净不妨穢，魔不礙佛；若合則活將個袁中郎抛入東洋大海，大家渾淪作一團去。《維摩經》所謂外道六師，外道六師，佛教把在佛教以外所立的宗教道門稱外道。六師是六種外道的尊師，分别爲富蘭那迦葉、末伽黎拘賒黎、删闍夜毗羅胝、阿耆多翅舍欽婆羅、迦羅鳩馱旃延、尼犍陀若提子。彼所墮者，此亦隨墮是已，豈易到哉！大約世人去官易，去名難。夫使官去而名不去，戀名猶戀官也。爲名所桎，猶之桎於官也，又安得徹底快活哉？

前會陳正甫，比往似覺大進。會間作何語？下走已挈家之真州真州，今江蘇儀征市真州鎮，歷史悠久，有『風物淮南第一州』的盛譽，唐宋時爲著名的工商和園林城。域内文物古跡遺存頗豐，有始建于唐代的天寧塔，明代鼓樓，宋代慧日泉，蘇東坡曾在此汲水寫經。候船，會晤何時，言之痛切。

管東溟

湖上棲息一月，與良友相對，一味以觀山玩水爲課，如食荔枝，中邊皆甜，快活無量。後聞五泄、天目之勝，乃復支策[支策，拄著手杖。]而去，始知修行無過幻住[幻住，即明本，元朝僧人。俗姓孫，號中峰，法號智覺，西天目山住持，錢塘（今杭州）人。因自號幻住或幻庵。但時人尊仰，仍稱他爲中峰禪師。]者，流連月餘始歸。世人眼如豆，見如盲，一切是非議論，如甕中語日月，[甕中語日月，語本《莊子・田子方》：『孔子出，以告顏回曰：「丘之於道也，其猶醯雞與！微夫子之發吾覆也，吾不知天地之大全也。」』]塚中語天，糞擔上語中書堂里事。便勝得他，也衹如勝得個促織，就輸些便宜與他，也衹當撇塊骨頭與蟻子而已。焉有堂堂丈夫，與之計較長短哉？

《求正牘》[《求正牘》，即管志道的著作《師門求正牘》，共二卷。]刻成，遂爲後生津梁，利益不淺。謙默箴可謂警切，生犯此病久矣，當佩之以爲弦韋。[弦韋，語出《韓非子・觀行》：『西門豹之性急，故佩韋以自緩。董安于之心緩，故弦統以自急。』此處指起啓發警示作用的言語。]明日遂行，不能奉侍，奈何？

徐冏卿

定功定功，即打坐。果有效，其益無量。但不知所守者，中黄中黄，古指横膈膜。邪？艮背艮背，艮背法，一种儒家的修炼方法。耶？抑數息數息，數自己的氣息出入，使心無雜念而致專一。邪？夫定亦難，有出有入，非定也，故曰：『那伽常在定，無有不定時。』即出即入，亦定也，故曰：『恰恰用心時，恰恰無心用。』然定有大小，小定卻疾，中定卻老，若大定則即疾是定，即老亦定，豔舞嬌歌，無處非定。華嚴經曰：『一身入定多身起，多身入定一身起。』是此定也，請以置之同伴老僧如何？

僕少時曾於小中立基，枯寂不堪。後遇至人，稍稍指以大定門户，始得自在度日，逢場作戲矣。天長人短，鬼多仙少，安得以浮泛不切之事，虚費此少壯日子哉？公欲求定，當識其大者，不然燦爛名園，粉黛歌兒，俱成剩物矣。如何？

張幼于

讀來教，一字一語，具見真切，然非不肖本懷。不肖豈習爲令者？一處劇邑，劇邑，政務繁劇的郡縣。如猢孫入籠中，欲出則被主者反扃，扃，原指從外面關門的閂、鉤等，此處爲鎖閉意。欲不出又非其性，東跳西踍，踍，蹦。毛爪俱落。主者不得已，憐而放之，僅得不死。習於令者，爲若是邪？

至於詩，則不肖聊戲筆耳，信心而出，信口而譚。世人喜唐，僕則曰唐無詩；世人喜秦漢，僕則曰秦漢無文；世人卑宋黜元，僕則曰詩文在宋元諸大家。昔老子欲死聖人，莊生譏毀孔子，然至今其書不廢；荀卿言性惡，亦得與孟子同傳。何者？見從己出，不曾依傍半個古人，所以他頂天立地。今人雖譏訕得，卻是廢他不得。不然，糞里嚼查，查，同「渣」。順口接屁，倚勢欺良，如今蘇州投靠家人一般。記得幾個爛熟故事，便曰博識；用得幾個見成字眼，亦曰騷人。計騙杜工部，囤紮李空同，李空同，即李夢陽，字獻吉，號空同，明慶陽府安化縣（今甘肅省慶城縣）人，遷居開封。工書法，得顏真卿筆法，精于古文詞，「前七子」的領袖人物，主張「文必秦漢，詩必盛唐」。一個八寸三分帽子，八寸三分，即帽子的普遍直徑。人人戴得。以是言詩，安在而不詩哉？不肖惡之深，所以立言亦自有矯枉之過。

公謂僕詩亦似唐人，此言極是。然要之幼于所取者，皆僕似唐之詩，非僕得意詩也。夫其似唐者見取，則其不取者斷斷乎非唐詩可知。既非唐詩，安得不謂中郎自有之詩，又安得以幼于之不取，保中郎之不自得意耶？僕求自得而已，他則何敢知？近日湖上諸作，尤覺穢雜，去唐愈遠，然愈自得意。昨已爲長洲公覔去發刊。然僕逆知幼于之一抹到底，決無一句入眼也。何也？真不似唐也。不似唐，是干唐律，是大罪人也，安可復謂之詩哉？

僕往贈幼于詩，有『譽起爲顛狂』句。萬曆二十四年，袁宏道曾贈張幼于詩云：『家貧因任俠，譽起爲顛狂。盛事追求點，高標屬李王。鹿皮充卧具，鵲尾薦經床。不復呼名字，彌天說小張。』顛狂二字甚好，不知幼于亦以爲病。夫僕非真知幼于之顛狂，不過因古人有『不顛不狂，其名不彰』不顛不狂，其名不彰，語出宋王得臣《麈史·忠讜》：『李邕當則天時，面折廷爭，衆甚危之。李出，笑謂人曰：「不顛不狂，其名不彰。」』之語，故以此相贊。如今人送富賈則曰『俠』，送知縣則曰『河陽』、『彭澤』，此套語也。夫顛狂二字，豈可輕易奉承人者？狂爲仲尼所思，狂無論無論，指狂的好處可以不必說。矣。若顛在古人中，亦不易得，而求之釋，有普化普化禪師，姓氏不詳，也不知是出生於何地何時。《盤山志》記載普化禪師在北方參訪時，悟道於寶積禪師。直到寶積禪師圓寂，普化禪師才在東五臺的盤山一帶行化。普化禪師晚間常宿在荒塚，白天常常穿梭于大街小巷，言行怪異，有時歌舞，有時悲號，常有驚世駭俗的言行。焉。張無盡詩曰『盤山會里翻筋斗，到此方知普化顛』張無盡，即張商英。是也。化雖顛去，實古佛也。求之玄，有周顛周顛，即周顛仙，明初道人，得朱元璋禮贊。焉，高帝所禮敬者也。玄門尤多，他如藍采和、張三豐、王害風王害風，即王重陽，中國全真道教創始人，主張三教合一。之類皆是。求之儒，有米顛米顛，即米芾。焉。米顛拜石，呼爲丈人；與蔡京書，書中畫一船，其顛尤可笑。然臨終合掌曰：『衆香國里來，衆香國里去。』此其去來，豈草草者？不肖恨幼于不顛狂耳。若實顛狂，將北面而事之，豈直與幼于爲友哉？

至於所說『吴儂不解語』，則尤與幼于無交涉。夫家伯修與王以明皆真切學佛人，伯修書本問學問，何故繫之以園亭歌兒？若曰吴中解禪語者，惟此輩爾，夫園亭非有知之物，安得謂之解語？此所謂言語道斷，心行處滅者也。此禪機也。以明書意同。夫吴中詩誠佳，字畫誠高，然求一個性命的影子，百中無一，千中無一，至於文人尤難。何也？一生精力盡用之詩文草聖中也。幼于自負能談名理，所名者果何理耶？他書無論，即如《敝篋》諸誦，幼于能一一解得不？如何是『下三點』，如何是『扇子跳跨上三十三天』，如何是『一口汲盡西江水』？幼于雖通身是口，到此衹恐亡鋒結舌去。然則幼于尚不得謂之解語矣，況其不逮幼于者邪？僕自知詩文一字不通，唯禪宗一事，不敢多讓。當今勍敵，勍敵，强敵。唯李宏甫李宏甫，即李贄。先生一人。其他精煉衲子，久參禪伯，敗于中郎之手者，往往而是。幼于不學禪，安得攙入其中，與虚幻荒唐之人交鋒比勢哉？夫不肖自知幼于，不必幼于之解語；齊語、楚語、閩語、倭語，處處鄉談土音不同，不必幼于之皆解。夫幼于之不解中郎語，猶中郎之不解幼于語也。天下事何必同而後快哉？王二先生王二先生，即王穉登。往有好事者，造不根之言，故不肖于集中特一辯白，然如王，如曹，如公家兄弟，皆不肖所敬者，決不在不解語之列。信筆鋪敘，不覺滿紙，不肖近於顛矣。幼于既不愛顛，請以自贈如何？一笑。

江進之

初一日從無錫發舟，僅抵惠山，今日可到常州矣。越行諸記，描寫得甚好。謔語居十之七，莊語十之三，然無一字不真。把似如今作假事假文章人看，當極其嗔怪，若兄決定絶倒也。

近日作文如兄者絶少，《敝篋》之敘，謹嚴真實；《錦帆》之敘，流麗標緻。大都以審單家書審單，明代斷案時的判決書。家書，家信。之筆，發以真切不浮之意，比今之抵掌抵掌，擊掌。指人在談話中的高興神情。亦因指快談。秦、漢者，自然不同，所以可貴。《解脱》更乞一敘。

前見湯海若湯海若，即湯顯祖。作二虞《溪上落花詩》引子，妙甚，脱盡今日文人蹊徑。長孺爲弟敘，亦極其詼諧，皆至文也，第不可與俗士觀耳。

李季宣

李柷，字季宣，號青蓮，萬曆元年（一五七三）舉人。曾任儀征知縣。能詩，喜豪飲。

世有耳甚熱熱，熟悉。而目不識，聞名若古人而生實同時者，若僕於兄是已。僕投冠西歸，江水如沸湯，不可行，姑欲卜鄰真州。僕南中交遊甚少，不得不告之尊兄。夫士未有道魏不見信陵，信陵，即信陵君魏無忌，戰國四君子之首。入洛不投張華張華，字茂先，范陽方城（今河北固安）人，西漢留侯張良十六世孫。西晉文學家、政治家，愛好獎掖人才。者也。敬遣一介先之。城内外寬浄居，乞爲僕覓一所。

桑武進

桑武進，即桑學夔，時任武進知縣。

兄丹鼎成丹鼎，煉丹用的鼎。此處指煉丹大功告成。矣。乘彼白雲，升於帝鄉，當在旦暮。弟學道遇魔，墮落傍生趣傍生趣，五趣之一。傍生，梵文Tiryagyoni。舊云畜生，一作旁生，傍行之生類也。《婆娑論》：『其形旁，故其行亦旁。』又曰：『因行不正，受果報旁。負天而行，故云旁行。』者也，何足多尚？榜人晨發，弟在夢寐中，及醒始知舟行十餘里，悵惘不可言。

弟如霜後之葉，入春之冰，壯心消耗已盡，獨留此區區皮骨，了卻前生爻槌爻槌，江湖賣卜者占卜的用具。衲衣債耳。猢孫入果園，豈有出理？後期那復可知，言之魂銷。

錢象先

僕暫時卜居真州。真州有友人李季宣，快士也，頗消客子岑寂。而黃山詩俠潘髯，潘髯，潘之恒。以季子婚至古亭；古亭，麻城。浪子丘大，買居桃葉，桃葉，桃葉渡，在今江蘇省南京市秦淮河畔。相傳因晉王獻之在此送其愛妾桃葉而得名。亦以次將至。子公子公，方子公。與僕同形影，相聚不必言。近日維揚亦有幾雋人可與語者。以茲袁生頗過快活日子，不致落莫。獨恨東南風，不爲我吹卻錢郎至耳。百穀無恙，可喜可喜。數日前白下有人浪傳惡信，僕驚愕，殊朦朦。訛言邪？染房染房，《墨子·所染》：『子墨子言見染絲者而歎，曰：「染於蒼則蒼，染于黃則黃……故染不可不慎也！」』後以『悲染絲』爲易受習俗影響的典故。耶？抑妒婦之口耶？可怪可怪。

曹以新後事，諸皆可略，但其遺文，不可不爲刊行。不然，亦當輯而藏之，免爲酒瓿酸甕酒瓿酸甕，用覆醬瓿典。此處指文章因不被理解而埋没。所苦，是在百穀與吾兄耳。挽詩字字涕淚，僕當勉和。《解脱》《解脱》，即袁宏道的詩文集《解脱集》。爲江令江令，江盈科。索刻，計當完矣。

江進之

弟暫棲真州城中，房子寬闊可住。弟平生好樓居，今所居房，有樓三間，高爽而浄，東西南北，風皆可至，亦快事也。又得季宣爲友，江上柳下，時時納凉賦詩，享人世不肯享之福，説人間不敢説之話，事他人不屑爲之事，頗覺受用過陶元亮、王無功王績，字無功，絳州龍門（今山西河津）人。隋末舉孝廉，除秘書正字，授揚州六合丞。時天下大亂，棄官還鄉。唐武德中，待詔門下省。貞觀初，以疾罷歸，躬耕東皋，自號『東皋子』。性簡傲，嗜酒，能飲五斗，自作《五斗先生傳》。日子。天蓋見弟兩年喫苦已甚，故用此相償，不然，何故暴得清福如此哉？

近日讀古今名人諸賦，始知蘇子瞻、歐陽永叔輩見識真不可及。夫物始繁者終必簡，始晦者終必明，始亂者終必整，始艱者終必流麗痛快。其繁也，晦也，亂也，艱也，文之始也。如衣之繁複，禮之周折，樂之古質，封建井田之紛紛擾擾是也。古之不能爲今者也，勢也。其簡也，明也，整也，流麗痛快也，文之變也。夫豈不能爲繁，爲亂，爲艱，爲晦，然已簡安用繁？已整安用亂？已明安用晦？已流麗痛快，安用聱牙之語、艱深之辭？辟如《周書》『大誥』『多方』《大誥》《多方》，均爲《尚書》篇目。等篇，古之告示也，今尚可作告示不？《毛詩》鄭衛等風，古之淫詞媟語淫詞媟語，淫，淫穢；媟，狎，輕慢。意爲放蕩淫穢、低級趣味的話。也，今人所唱《銀柳絲》《掛針兒》銀柳絲、掛針兒，當時流行的曲牌名。之類，可一字相襲不？世道既變，文亦因之，今之不必摹古者也，亦勢也。張、左張，張華。左，左思。兩人均爲西晉著名文學家，善作賦。之賦，稍異揚、馬，揚，揚雄。馬，司馬相如。兩人均爲西漢著名文學家。至江淹、庾信江淹、庾信，均爲南北朝時期著名文學家。諸人，抑又異矣。唐賦最明白簡易，至蘇子瞻直文耳。然賦體日變，賦心益工，古不可優，後不可劣。若使今日執筆，機軸（機軸，心機。指構思。）尤爲不同。何也？人事物態，有時而更；鄉語方言，有時而易。事今日之事，則亦文今日之文而已矣。盧柟（盧柟，字次楩，一字少楩，又字子木，河南浚縣人。明代嘉靖年間著名文學家。其賦作曾受到王世貞的高度讚揚，被王世貞列爲『後五子』。）諸君不知賦爲何物，乃將經史海篇字眼，盡意抄謄，謬謂復古，不亦大可笑哉！作字時，適案上有賦，故偶及此，不知話之長也。《解脱》詩已刻完，末後二卷謹録上，幸早録成之。

答陶石簣編修

得來劄，知兩兄在家參禪。世豈有參得明白的禪？若禪可參得明白，則現今目視耳聽髮豎眉横，皆可參得明白矣。須知髮不以不參而不豎，眉不以不參而不横，則禪不以不參而不明，明矣。

答梅客生開府

近日與西卿西卿，即李長庚，時爲户部主事。往來甚密，西卿聰明可人，至其老成練達，實僕之師。近復發心學道，僕謂西卿心則不可不發，道則不必學，西卿以爲然。

邸中無事，日與永叔、坡公作對。坡公詩文卓絶無論，即歐公詩文，亦當與高、岑高，高適。岑，岑參，均爲唐代詩人。分昭穆，昭穆，我國古代的宗法制度，指宗廟、墓地或神主的輩次排列。分昭穆，意爲不相上下。錢、劉錢，錢起。劉，劉長卿。均爲中唐詩人。而下，斷斷乎所不屑。宏甫選蘇公文甚妥，至於詩，百未得一。蘇公詩無一字不佳者。青蓮能虛，工部能實。青蓮唯一於虛，故目前每有遺景；工部唯一於實，故其詩能人而不能天，能大能化而不能神。蘇公之詩，出世入世，粗言細語，總歸玄奧，恍忽變怪，無非情實。蓋其才力既高，而學問識見又迥出二公之上，故宜卓絶千古。至其道不如杜，逸不如李，此自氣運使然，非才之過也。

今代知詩者，徐渭稍不愧古人；空同空同，即李夢陽。才雖高，然未免爲工部奴僕；北地北地，李夢陽。他是甘肅慶陽人，因慶陽漢代屬北地郡，故稱。而後，皆重儓重儓，奴僕的奴僕。也。公然傪爲大言，一倡百和，恬不知醜。噫，何可令有宋諸君子見哉！

答陶石簣

石簣寄伯修書云：『近日看《宗鏡録》，可疑處甚多。即如「三界唯心，一切惟識」二語，三歲孩兒説得，八十歲翁翁行不得。』又問伯修：『此事了得了不得？』

記去歲此時，正與兄登天目。今弟走驢灰馬糞中，而兄亦閉門讀書，雖較之弟少爲安閒，而離索之苦，當倍于弟幾十分也。讀來書，極知真切。但既云『唯心』，一切好惡境界，皆自心現量現量，古印度因明學和佛教用語。量爲度量決定之意，現量指感覺器官對事物的直接反映，猶直覺。也，更何須問行與不行？此何異牛肚中蟲，計量天地廣狹長短哉？夫三歲孩兒説得，此是三歲孩兒神通也；八十歲翁行不得，此是八十歲翁衰頽也。於本分事何涉，而自作葛藤耶？了事不了事，此在當人，但不知兄以何爲了？若以不疑爲了，則指屈項伸鼻高眼低，種種可疑者甚多。若石簣又謂指屈項伸鼻高眼低，此是當然，原不足疑，則世間舉無可疑者矣。若以不怕死爲了，世間自有一等決烈男子，甘刃若飴者矣，可俱謂之了生死乎？且夫怕死者，爲怕痛也。痛可怕，死獨不可怕乎？又怕死後黑漫漫，無半個熟識也。今黑夜獨坐尚可怕，何況不怕死後無半個熟識乎？弟於怕死怕閻羅，雖不敢預期，然怕痛怕黑夜獨坐，則已甚矣。兄縱不徹，決不以怕痛怕黑夜爲有疑，於道明矣，何獨至於死而疑之？孔子曰：『道不遠人，人之爲道而遠人，不可以爲道。』此句出自《中庸》。所謂遠人者，遠人情也。知人情之道，則知兄之證聖，與一切人之爲聖人久矣，又安問了不了哉？

小説載一擔夫，爲聖僧肩行李入山，途中問曰：『觀公威德，與佛何别？』聖僧曰：『佛自在，我卻不自在。』擔夫乃聳肩疾走而言曰：『你看我有甚不自在？』聖僧具天眼者，即時見夫相好具足，相好，具足，均是佛教用語。相好，佛經稱釋迦牟尼佛有三十二種相，八十二種好。具足，具備和如來同等的世間和出世間法的一切智慧、神通。因合掌作禮，取行李自肩。行未數步，擔夫忽念：『彼從萬劫修來，尚未成佛，我乃凡夫，安得詎爾？』念未既，聖僧見擔夫威光頓滅，因訶之曰：『爾依前不得自在矣，速荷擔去！』此語淺率，大有妙義。願兄着眼，無作退心擔夫也。笑笑。

答梅客生

饑急於名，飽急於樂，口腹急於身體，欲不教學何可得？且教學則永無大官之望，亦無長在仕途之望，不唯官閒，而心亦閒，可以一意讀書也。

又

僕謂丘、李二兄之病，正病在識上作活計活計，猶工夫。耳，非識不足也。長孺解作墨客及遊冶兒，西卿歷官甚老成，此等皆從識上淘汰得出，謂之無識，僕不信也。

來書云：『實實有佛，實實有道，實實要學。』甚妙，甚妙。僕謂官與冶客，即佛位也，故曰實實有佛。解作官作客，即佛道也，故曰實實有道。然官之理無盡，冶客蕩子之理亦無盡，格套可厭，氣習難除，非真正英雄，不能於此出手，所謂『日日新，又日新』出自《盤銘》：『苟日新，日日新，又日新。』者也，豈鹵莽滅裂鹵莽滅裂，形容做事草率粗疏。之夫所能草草承當者哉？故曰實實要學。如此註解，不知可當溫陵、溫陵，古稱泉州。北宋泉州開元寺高僧戒環，稱溫陵禪師。晉江人，居開元寺，空寂自頤，深造妙道。又，李贄自稱溫陵居士。長水長水，即長水子璿，本名子玄（一作子元），字仲微，杭州錢塘人，俗姓鄭。因其常住秀州，故稱『長水沙門』。世稱『長水大師』或『長水疏主』，史稱『長水子璿』。不？

宋儒有腐學而無腐人，今代有腐人而無腐學。宋時講理學者多腐，而文章事功不腐；今代講文章事功者腐，而理學獨不腐。宋時君子腐，小人不腐；今代君子小人多腐。故僕謂當代可掩前古者，惟陽明陽明，即王守仁，字伯安，謚文成。一派良知學問而已。其他事功之顯赫若于肅愍、王文成于肅湣，于謙。王文成，即王陽明。二人都曾有過軍功。輩，文章之燦爛若北地、太倉北地，即李夢陽。太倉，即王世貞。王世貞爲江蘇太倉人。輩，豈曰無才？然尚不敢與有宋諸君子敵，遑敢望漢、唐也？

徐文長病與人，僕不能知，獨知其詩爲近代高手。若開府爲文長立傳，傳其病與人，而僕爲敘其詩而傳之，爲當代增色多矣。

又

僕所謂佛，即官也，即今梅開府客生也。今公求免於佛，亦將求免爲客生耶？須知客生無成無免，佛亦無成無免。所謂即者，猶是方便説法，不得已之辭。辟如有人云『大海是水』已是戲論，而丈又欲令海求免於水，可謂戲而又戲矣。

與陳正甫提學

弟別後無他可述，所得意事，無如南中聚諸快友，往返數月；所不得意事，無如到京不見社中兄弟。然畢竟苦不勝樂。京師朋友多，聞見多，雖山水之樂不及南中，而性命中朋友則十分倍之矣。校文（校文，校勘文章。漢張衡《西京賦》：『次有天禄、石渠，校文之處。』）之職，比之五馬（五馬，太守的美稱。典出《漢官儀》：『太守四馬，行部加一馬。』）體貌更覺嚴重。然職之難稱，有甚於守令者。庸談陳詁，千篇一律，看之令人悶悶，未若審單口詞（審單，猶審判書。口詞，口供。）之明白易省也。舊案可黜也，而才士或有一日之短；令甲（令甲，法令的第一篇，後用作法令的代稱。）宜遵也，而千里之足，多出於泛駕之馬。故公而服人者，百不一見也。

近日士習尤覺薄惡，寬則如慈母之養驕子，必且聚黨犯上；嚴則學校有體，過爲摧折，恐亦惡傷其類。未若百姓之法行而知恩，德行而知畏也。

汪參知（汪參知，汪可受，一名汪靜峰，字以虛，號以峰。湖北黃梅獨山汪革人。萬曆八年（一五八〇）進士。萬曆三十八年（一六一〇）祭拜恩師李贄，立『卓吾老子碑』并作墓碑記。後人于紫雲山挪步園內建有可受祠。）會時作何語？學問比常當亦長進否？幸示及。

答王則之檢討

京中有苦有樂，家中亦有苦有樂。京中之苦在拜客，家中之苦在無客可拜；京中之苦在閉口不得，家中之苦在開口不得；京中之苦以眼目眼目，猶面目，臉面。亦喻外表、形式。爲佛事，家中之苦以眉毛眉毛，比喻只顧眼前，短見。《五燈會元·雲居舜禪師法嗣·蔣山法泉禪師》：『（蔣山法泉禪師）問：「如何是急切一句？」師曰：「火燒眉毛。」』爲佛事。兩苦相較，未知孰優孰劣，唯兄自評定。

答吴敦之司理

往曾附字潘景升問訊，不覺又易春夏矣。教官職甚易稱，與弟拙懶最宜。每月旦望，向大京兆京兆，即順天府府尹，轄北京附近五州十九縣。一揖，即稱煩劇事。歸則閉門讀書。蹄輪蹄輪，代指車馬。之聲，浹旬浹旬，一整旬。浹，整個。一有之。近頗有一二相知，可得快語者。又衙齋與城東北湖水近，多大刹。薊酒雖貴，時亦有見餉者。觀此數事，弟之情景，豈不百倍吴令也？

答朱虞言司理

不通書問者又九月矣。僕非忘尊兄者，而疏闊若此，知尊兄之知不在形跡，決不以書問之疏密，爲交道之重輕也。

僕作知縣，不安知縣分，至鬱而疾，疾而去而後已。既求退，復不安求退分，放浪湖山，周流吴、越，竟歲忘歸。及計窮橐盡，無策可以餬口，則又奔走風塵，求教學先生。其趨彌卑，其策彌下，不知當時厭官何意。然教官比知縣畢竟心閒無事，明倫堂明倫堂，多設於古文廟、書院、太學、學宫的正殿，是讀書、講學、弘道、研究之所。上不可謂非避世之地也。

尊兄聲實日茂，政事之暇，東南佳山水亦曾留心觀覽否？僕離吴中後，雖夢金閶，金閶，蘇州。蘇州有金門、閶門二門。亦投枕而起，投枕而起，《唐詩紀事》卷六載，唐人吴少微爲富嘉謨賦悼亡詩序：『維三月癸丑，河南富嘉謨卒。予時寢疾於洛陽北里，聞之，投枕而起，淚沾乎衽席，匍匐於寢門之外。』唯不能忘情兩洞庭，及硯石、支硎諸山耳。兄稍暇，亦當飽觀，毋作别後之憶。

答陶石簣

寄來詩文并佳，古勝律，律勝文，至扇頭七言律尤爲奇絶。昔白樂天謂元微之『近日格律大進，當是熟讀吾詩』，白居易《編集拙詩成一十五卷，因題卷末，戲贈元九、李二十》：『一篇長恨有風情，十首秦吟近正聲。每被老元偷格律，苦教短李伏歌行。世間富貴應無分，身後文章合有名。莫怪氣粗言語大，新排十五卷詩成。』兄或者亦讀僕詩耶？

徐文長老年詩文，幸爲索出，恐一旦入醋婦酒媪之手，二百年雲山，便覺冷落，此非細事也。

弟近日始遍閱宋人詩文。宋人詩，長於格而短於韻；而其爲文，密於持論而疏於用裁。然其中實有超秦、漢而絶盛唐者，此語非兄不以爲決然也。夫詩文之道，至晚唐而益小，歐、蘇矯之，不得不爲巨濤大海。至其不爲漢、唐，人蓋有能之而不爲者，未可以妾婦之恒態責丈夫也。

弟比來閒甚，時時想像西湖樂事，每得一景一語，即筆之於書，以補舊記之缺。書成可兩倍舊作，容另致之。

答范光父范應賓，字光父，工部主事。水部

龍湖僧持書後，已五易歲矣。弟碌碌無可述者。入山不深，出宰不效，不得已爲餬口計，只乞得一片寒氈，而京師燒桂煮玉，燒桂煮玉，形容物價高昂。語出《戰國策·楚策三》：『楚國之食貴於玉，薪貴於桂。』終不免凍餒其妻子。凍餒其妻子，語出《孟子·梁惠王下》：『王之臣有托其妻子於于其友，而之楚遊者，比其反也，則凍餒其妻子。』及門之徒，原思原思，孔子的學生，家貧。頗多，端木端木，全名端木賜，即孔子的學生子貢。善於經商而致富。頗少，弟將何以爲策哉？雖復久別，無可言者，聊述數語，博兄一開口耳。

答梅客生

僕近日坐尊經閣，尊經閣，學府藏書處。與弟子談時藝，時藝，即時文、八股文。樂亦不減。閣中有《廿一史》《十三經》及他書甚多。窮官不必買書，是第一快活事。近地所可遊處，則有北安門湖水及諸梵刹。朋友則有一二小官，齋郎典客齋郎，太常寺下屬官名，供郊廟之役。典客，秦置官名，爲九卿之一，掌管王朝對少數民族之接待、交往等事務。均爲小官。之類，絶口不談朝事者，其胸中又無一段先入意見爲主，僕遂得遺形縱舌，不相妨礙。縱彼不甚領略，而僕得大開口，四肢暢適，勝彼擎拳躬身閉吻嘿坐時多矣。獨貧不能致客，覺有不快。僕有詩云：『貧廚非大祭，未有肉留賓。』此紀實也。

近日聽潘雪松説《易》甚快，僕於《易》學不甚邃，驟聞其説，如聆天樂，出世入世之理具此矣。如羲、文、周、孔羲，伏羲。文，周文王。周，周公姬旦。孔，孔子。者，真震旦國震旦國，即中國。震旦是印度語中對中國的稱呼。古佛也。

孫司李

孫司李，即孫應祥，鍾祥人，萬曆十六年（一五八八）舉人。二十六年（一五九八）任紹興府推官。

山陰，弟舊時熟遊地，彼處風物，如蘭亭、禹穴者，皆古今所豔稱，去城不遠。獨五泄在諸暨百里外，殆越中絶景。倘巡察到彼，亦當乘暇一遊。

徐文長，今之李、杜也，其集多未入木，入木，指刊行。乞吾兄化彼中人士，爲一板行。交知中如陶太史石簣及乃弟奭齡，皆真實穎秀。又山陰一秀才王姓贊化名者，杜門習靜，足不踏城市，曾與弟往來山中。弟意非欲使兄物色之，蓋欲其姓名上達，使郡司李知其邦有賢人焉，若是焉已矣。夫以一郡之雄，而弟所見所聞，僅僅數丈石壁，及一二措大，則弟之迂腐不切，亦略可知矣。

蘭澤、雲澤兩叔

長安長安，代指京城。此處指北京。沙塵中，無日不念荷葉山荷葉山，在三袁的出生地長安里長安村，位於公安縣西南六十里。山上有荷葉山居，爲袁氏親友消夏靜居之處。喬松古木也。因歎人生想念，未有了期。當其在荷葉山，唯以一見京師爲快。寂寞之時，既想熱鬧；喧囂之場，亦思閒靜。人情大抵皆然。如猴子在樹下，則思量樹頭果；及在樹頭，則又思量樹下飯。往往復復，略無停刻，良亦苦矣。

尊叔雖居深山，實享天宫之樂，不可不知。雙桂樹下，酒甕如人，樹皮如蟒，黄山青色，萬片飛來，更不知有寒暑之易，及人間恩愛別離之苦。由此觀之，雖得一官，亦當掉臂不顧明矣。

答梅客生

經理巡撫缺出，生竊謂此事，非梅公恐了不得。今日見報，明公在會推中，此事恐當屬公矣。近日事體，大約如人家方有大盜，而其妻妾尚在房中爭床笫間事；又如隔壁人告狀，而我賣田鬻子爲之伸理，至於産盡力竭而猶不止，抑亦可笑之甚矣。

教官美處，誠如來剳，但所云不足者，亦自有説。昔在吴縣，妻妾衣食粗足，然或經月不見面。往食虎丘黄魚，如吃黄土；今食頻婆頻婆，即鳳眼果，富含澱粉、糖及脂肪與蛋白，未成熟時有苦味，成熟後甜美可口。成熟種子爲粉質，可食用。餅餌，不減仙廚。寺院雖不閒，遠勝於訟庭；僧雖無可與語，雅于囚徒胥吏。蓋人或望尊榮厚實，多以爲不足；若直看作隱居之地，未有不足者矣。

與陶石簣

四月不得一字，懸念殊甚。數日前，陪祀陪祀，陪從祭祀。昭陵，飽看西北山色，歸來與伯修判斷，聲價略定。大約諸陵山勢飛動，纖秀逼人，雖無黃牆碧瓦，其山自佳。西山若無諸大梵刹，便頑然一岡矣。碧雲水味絶佳，作寺者不爲方塘闊澗，而砌小渠，從屋溜屋溜，屋簷邊的承溜，即承接屋頂上雨水的長槽。下過，水之不幸，抑至於此，可恨也。

香山山色軒楹，比碧雲碧雲，碧雲寺，位於北京海澱區香山公園北側，西山餘脈聚寶山東麓，是一組布局緊湊、保存完好的園林式寺廟。殊勝，望湖亭不作于龍潭，而作於裂帛湖裂帛胡，位於頤和園西玉泉山下。上，此尤無識之甚。龍潭水光千頃，荷香十里，長堤迂曲回環，垂楊夾道，大有江南風景，惜無亭榭可布几筵耳。近復得遍觀西苑西苑，暢春園西側村鎮，位於今海澱區中部，東起中直路，西至頤和園東門，北始頤和園路北，南至中直機關北牆。因此地水草豐美、林木繁茂，適養禽獸，而稱『苑』，又因在京城之西而得名。花木禽鳥，及兔兒山兔兒山，亦稱兔園子、小山子、小蓬萊等，位於北京市西城區西。清代逐漸荒圮，今無存。等處，尤爲奇絶。紙盡不及描寫，容另致之。

答樂之律

樂之律，即樂和聲，一作岳和聲，時任慶遠知府。

弟懶僻若是，衹合坐尊經閣讀書。其實讀書亦不耐，唯當枯守山林，作一絶學無爲道人而已。兄此時方鋭意經濟，聞弟斯言，辟如持蘇合之丸，蘇合之丸，即蘇合香，以金縷梅科植物蘇合香樹所分泌的樹脂製成。又名帝膏、蘇合油、蘇合香油、帝油流。而市蛣蜣之轉，蛣蜣，蜣螂。市蛣蜣之轉，意思是手里有了蘇合香，還要去買蜣螂的糞球（不合理）。市，購買。豈相合哉？

去歲湖上會尊大人及令弟，一彈指失之。家兄奔走講幄，舍弟客南中金吾宅中。杯酒深譚，馬上明月，頓成往跡。人生離合如此，言之淚墮。分俸過侈，窮官那得不拜。

與李龍湖

小修帖來，知翁在棲霞，彼中有何人士可與語者？生在此甚閒適，得一意觀書。學中又有《廿一史》及古名人集可讀，窮官不須借書，尤是快事。近日最得意，無如批點歐、蘇二公文集。歐公文之佳無論，其詩如傾江倒海，直欲伯仲伯，老大。仲，老二。伯仲，此處爲不分伯仲意，形容兩者水準相去不遠。少陵，宇宙間自有此一種奇觀，但恨今人爲先入惡詩所障難，不能虛心盡讀耳。蘇公詩高古不如老杜，而超脱變怪過之，有天地來，一人而已。僕嘗謂六朝無詩，陶公有詩趣，謝公謝公，即謝靈運，東晉名將謝玄之孫，小名『客兒』，人稱謝客。又以襲封康樂公，稱謝康公、謝康樂。著名山水詩人。有詩料，餘子碌碌，無足觀者。至李、杜而詩道始大。韓、柳、元、白、歐，韓，韓愈。柳，柳宗元。元，元稹。白，白居易。歐，歐陽修。詩之聖也；蘇，詩之神也。彼謂宋不如唐者，觀場觀場，看戲，看熱鬧。之見耳，豈真知詩爲何物哉？

與無念

丘大帖來，説公去會稽。問麻城人，説往江西。及得小修書，又云在白下。想是近日神通廣大，能分身説法。不然，何傳者之不一也？

寄楊烏棲

楊烏棲，楊定見。烏棲疑爲其字或號。他是李贄的學生兼好友，曾幫助李贄搜集早期《水滸傳》各種版本以供校勘研究，并在李贄去世後與馮夢龍、許自昌、袁無涯整理、刊刻一百二十回本《李卓吾批評忠義水滸傳全書》，且爲之作序。袁宏道早年問學于李贄，持弟子禮甚恭，兩人常有詩文答酬。李贄因其特立獨行的言行不容於時，曾三度遭湖北黃安、麻城地方官吏驅逐迫害。故萬曆二十六年（一五九八）李贄隨焦竑往南京時，宏道特意寫信給楊定見囑其加以照顧。

卓叟（卓叟，李贄。）既到南，想公決來接。弟謂老卓南中既相宜，不必攛掇去湖上也。亭州人雖多，有相知如弱侯老師（弱侯老師，即焦竑。）者乎？山水有如棲霞、牛首（棲霞，棲霞山。牛首，牛首山。均在南京。）者乎？房舍有如天界、報恩（天界，天界寺。報恩，報恩寺。均在南京。）者乎？一郡巾簪勢不相容，老年人豈能堪此？願公爲此老計長久，幸勿造次。

答張東阿張東阿，即張光紀，時任東阿知縣。

讀佳集，清新雄麗，無一語入近代蹊徑，知兄丈非隨人腳跟者。而邢少卿邢少卿，邢雲路，字士登，一字澤宇，號少卿，明安肅（今徐水縣）龍山人。萬曆八年進士。詩序中，亦謂兄直法李唐，不從王、李王、李，明王世貞、李攀龍的并稱。入，此語甚是。僕竊謂王、李固不足法，法李唐，猶王、李也。唐人妙處，正在無法耳。如六朝、漢魏者，唐人既以爲不必法，沈、宋、沈，沈佺期。宋，宋之問。二人均爲初唐著名詩人。李、杜者，唐之人雖慕之，亦決不肯法。此李唐所以度越千古也。兄丈冥識玄解，正以無法法唐者，此又少卿序中未發之意，故不肖爲補足之。

又

細讀諸作，真是唐人風格。方之錢劉，錢劉，唐代詩人錢起、劉長卿，以七律著稱。未知孰爲優劣。近時學士大夫頗諱言詩，有言詩者，又不肯細玩唐宋人詩，强爲大聲壯語，千篇一律。須一二賢者極力挽回，始能翻此窠窟。

拙稿存笥者，今以付木，尚未卒業。一窮廣文，唐玄宗天寶九載設廣文館，主持國學。明清時稱教官为『廣文』。騎款段，款段，馬緩行貌，借指行動緩慢之馬。長安道上，雖極落寞，差不廢吟詠耳。

答梅客生

麻城令麻城令，韓僉可，瀘州人。舉人出身。東林黨人。迫害過李贄。明萬曆二十八年（一六〇〇），湖廣僉事馮應京會同麻城縣知縣韓僉可，以『維持風化』之名，糾集地痞打手圍攻李贄，并燒毀李贄講學的芝佛院。去時，僕與家兄屢以長孺爲託，不意命薄如此，指丘坦當年應武舉落第事。真所謂轉喉觸諱轉喉觸諱，一開口説話便犯忌諱。者也。江進之之苦不待言，僕交遊半天下，似此人者，識見肝膽真不可多得，縱不作吏部，不思世間尚有作教官者乎？

三弟來，又添一朋友，此近日快心事，即近日所得之快友也。眷屬初至，一少姬病死，未免作惡。《世説新語•言語》：『謝太傅語王右軍曰：「中年傷於哀樂，與親友别，輒作數日惡。」』後稱悒鬱不快爲『作惡』。去役匆匆，不暇他及。

又

與諸大將校射即語也，有能勝我者，即大可與語人也。明公更欲求何等人作可語哉？近日無他受用，但與一輩白頭腐儒杯酒往來，覺無絲毫不相入處，以此消遣閑日，不覺身之爲客也。卓老久無帖，去湖上意似亦果生。三三，指袁中道。明春若無他往，當騎驢衝寒衝寒，冒著寒冷。至矣。

又

令公出獵之日，正不肖同諸秀才飲酒烹茶之日也。雪中無事，一味以管城相角，管城，毛筆。此處指以詩文相競。每得佳語，席上人同聲喝采，亦自奇快。不知并州兒之樂，并州兒之樂，指遊俠們比武射獵的快樂。於不肖何如也？

又

措大持寸管，欲與塞上公較樂。辟如乞兒持殘羹餘酒，矜張矜張，炫耀。五侯之門，五侯之門，五侯，漢成帝封其舅王譚平阿侯、王商成都侯、王立紅陽侯、王根曲陽侯、王逢時高平侯。亦可謂不知量也。

與沈伯函水部

沈朝焕，字伯含，一作伯函，號冰壺，仁和人。萬曆二十年（一五九二）進士。授工部主事，榷荆州稅。榷，榷官。掌管專賣的官吏。

冬間寒氣甚厲，京城如雪窖，冷官如寒號蟲。寒號蟲，又名『鶡鴠』，外形如蝙蝠而大。冬眠於巖穴中。睡時倒懸其體。食甘蔗和芭蕉等的汁液。每一出門，眉鬚皆凍。遠山、春草遠山，吳敏侍女。春草，白居易侍女。此處代指袁宏道的侍妾。數輩，面皺皮裂，誶語誶語，罵人話，粗話。滿室。若得量移，量移，多指官吏因罪遠謫，遇赦酌情調遷近處任職。泛指遷職。便當圖南，不能兀兀長守此也。

南郡地煖，以使君之尊臨之，如居第六天中。然在兄丈亦有小苦。江水雖浩莽，殊無意致，六橋、六橋，指西湖蘇堤上的映波、鎖瀾、望山、壓堤、東浦、跨虹六座橋。三竺三竺，指杭州靈隱山飛來峰東南天竺山上的上天竺、中天竺、下天竺三座寺院。之想，那能一刻去胸中，一苦也。民俗樸鄙，酒甜而濁，酸澀之態，見於筵宴，二苦也。歌兒皆青陽過江，宏道這封信寫於萬曆二十七年（一五九九），這是青陽腔傳入湖北最早的記載。說明當時的『青陽歌兒』已經傳到湖北沙市，并且這支『歌兒』『字眼既訛，音復乾硬』，楚人聽之不甚習慣。字眼既訛，音復乾硬，三苦也。又楚之言，酸也愁也，其山水所產之人，多牢騷不平；而其客於斯地者，亦多化而爲愁，如仲宣、子美皆然。兄才士而多情者也，能不爲俗所移耶？

與李子髯

尊嫂之變，出自意外，可傷，可傷。弟一歲之內，三腸併裂，其痛尤甚。幸爾道力稍堅，不至摧殘。令姊令姊，即李學元之姐，袁宏道之妻。兒女情深，近亦稍覺輕減。禪那禪那，袁宏道之女。頗通貝典，貝典，佛經。貝，即貝葉，貝葉棕的葉片經一套特殊的工藝製作而成，所刻寫的經文用繩子串成冊，可保存數百年之久。一室之內，所見非焚香面佛，即垂髫安禪者。世間兒女情態，家計生策，不唯不到眉，亦復不到唇齒間矣。終日見人死，何以不怕死？兄勉之。

與江進之廷尉

廷尉之改，廷尉之改，指萬曆二十七年江盈科原定升任吏部主事，後因遭人中傷，改任大理寺丞事。弟有三快：出入無禁，賓客到門不訶，弟與兄得長聚談，一快也；酒壇詩社，添一素心友，二快也；暇時便可從臾從臾，亦作從諛，語出《史记·汲鄭列傳》，慫慂。究竟無生，失官得佛，兄亦何恨，三快也。

前梅中丞梅中丞，梅國楨。書來云：『江進之品格如此，不能免忌者之口，冤哉！』弟謂進之縱不得吏部，不思世間尚有作教官者乎？爲蚓爲龍，誰大小？個中事，兄勘破已久，寧復置胸懷間哉？扇頭詩奇進，白肌元骨，白肌元骨，形容江盈科扇頭詩有白居易、元稹的風範。世人蔽錮已久，當與兄併力喚醒。近日宰官中有識此意者，雖曾中時詩之毒，然一呼即覺，不至如往時詩人，被狂酒鴆鴆，傳説中的一種毒鳥。把它的羽毛放在酒裏，可以毒殺人。此處作動詞用。殺，尚自以爲瓊漿甘露也。

旅中得謝在杭謝在杭，即謝肇淛，字在杭，號武林、小草齋主人，晚號山水勞人。明萬曆二十年（一五九二）進士。著《五雜俎》。在彼，當不寂寞，三弟亟稱在杭胸次爽潔，氣味自當投合也。兄聞報便當北發，攜家眷從陸爲便。

答謝在杭司理

三弟盛稱在杭胸懷如月，詩思如水，酒態如春。每踞石臨流，未嘗不思及兄。如人從杭州來，眉目髭鬚，皆說西湖，今三弟滿面皆謝司理矣。江進之才識甚超，交遊中少見其比。兩佳人聚首一城，皆以瓠落，瓠落，猶『落拓』，潦倒失意。語本《莊子·逍遥遊》。亦異日一段佳話。弟恨先去，不與七賢之數。

小刻較前稍有增定，寄上請教。天氣稍温，旆旌可北，良晤有期，不多及。

敘

敘小修詩

弟小修詩，散逸者多矣，存者僅此耳。余懼其復逸也，故刻之。弟少也慧，十歲餘即著《黃山》《雪》二賦，幾五千餘言，雖不大佳，然刻畫飣餖，飣餖，原指將食物在盤中堆疊擺放出來，後用來形容詞語的堆積羅列。傅以相如、太沖相如，即司馬相如。太沖，即左思。之法，視今之文士矜重以垂不朽者，無以異也。然弟自厭薄之，棄去。顧獨喜讀老子、莊周、列御寇諸家言，皆自作註疏，多言外趣，旁及西方之書、西方之書，指佛教相關典籍。教外之語，備極研究。既長，膽量愈廓，識見愈朗，的然以豪傑自命，而欲與一世之豪傑爲友。其視妻子之相聚，如鹿豕之與群而不相屬也；其視鄉里小兒，如牛馬之尾行而不可與一日居也。泛舟西陵，西陵，即西陵峽，長江三峽之一。走馬塞上，窮覽燕、趙、齊、魯、吳、越之地，足跡所至，幾半天下，而詩文亦因之以日進。大都獨抒性靈，不拘格套，非從自己胸臆流出，不肯下筆。有時情與境會，頃刻千言，如水東注，令人奪魄。其間有佳處，亦有疵處。佳處自不必言，即疵處亦多本色獨造語。然予則極喜其疵處；而所謂佳者，尚不能不以粉飾蹈襲爲恨，以爲未能盡脫近代文人氣習故也。

蓋詩文至近代而卑極矣，文則必欲準于秦、漢，詩則必欲準于盛唐，剿襲模擬，影響步趨，見人有一語不相肖者，則共指以爲野狐外道。曾不知文準秦、漢矣，秦、漢人曷嘗字字學《六經》歟？詩準盛唐矣，盛唐人曷嘗字字學漢、魏歟？秦、漢而學六經，豈復有秦、漢之文？盛唐而學漢、魏，豈復有盛唐之詩？唯夫代有升降，而法不相沿，各極其變，各窮其趣，所以可貴，原不可以優劣論也。且夫天下之物，孤行則必不可無，必不可無，雖欲廢焉而不能；雷同則可以不有，可以不有，則雖欲存焉而不能。故吾謂今之詩文不傳矣。其萬一傳者，或今閭閻婦人孺子所唱《擘破玉》《打草竿》之類，猶是無聞無識真人所作，故多真聲，不效顰於漢、魏，不學步於盛唐，任性而發，尚能通於人之喜怒哀樂嗜好情欲，是可喜也。

蓋弟既不得志於時，多感慨；又性喜豪華，不安貧窘；愛念光景，不受寂寞。百金到手，頃刻都盡，故嘗貧；而沉湎嬉戲，不知樽節，（樽節，節省。樽，通『撙』。此處意爲節制。）故嘗病；貧復不任貧，病復不任病，故多愁。愁極則吟，故嘗以貧病無聊之苦，發之於詩，每每若哭若罵，不勝其哀生失路之感。予讀而悲之。大概情至之語，自能感人，是謂真詩，可傳也。而或者猶以太露病之，曾不知情隨境變，字逐情生，但恐不達，何露之有？且《離騷》一經，忿懟之極，黨人偷樂，衆女謡諑，不揆中情，信讒齎怒，（齎怒，大怒。）皆明示唾罵，安在所謂怨而不傷者乎？窮愁之時，痛哭流涕，顛倒反覆，不暇擇音，怨矣，寧有不傷者？且燥濕異地，剛柔異性，若夫勁質而多懟，峭急而多露，是之謂楚風，又何疑焉！

傳

徐文長傳

余一夕坐陶太史陶太史，即陶望齡。樓，隨意抽架上書，得《闕編》詩一帙。惡楮毛書，惡楮毛書，紙張粗劣，字跡潦草。楮，落葉喬木，樹皮是製造桑皮紙和宣紙的原料，後作爲紙張的代稱。煙煤敗黑，微有字形。稍就燈間讀之，讀未數首，不覺驚躍，急呼周望：『《闕編》何人作者？今邪？古邪？』周望曰：『此余鄉徐文長先生書也。』兩人躍起，燈影下讀復叫，叫復讀，僮僕睡者皆驚起。蓋不佞生三十年，而始知海內有文長先生，噫，是何相識之晚也！因以所聞於越人士者，略爲次第，爲《徐文長傳》。

徐渭字文長，爲山陰諸生，聲名藉甚。薛公蕙薛蕙，字采君（《明史》作君采），號西原。明正德九年（一五一四）進士，授刑部主事。校越時，奇其才，有國士之目。然數奇，數奇，命運不好。屢試輒蹶。蹶，跌倒，此處指落第。中丞胡公宗憲聞之，客諸幕。文長每見，則葛衣烏巾，縱譚天下事，胡公大喜。是時公督數邊兵，威振東南，介冑之士，介冑，鎧甲和頭盔。此處代指軍人。膝語蛇行，膝語蛇行，跪著説話，伏地前進，形容敬畏的樣子。不敢舉頭；而文長以部下一諸生傲之，議者方之劉真長、杜少陵劉真長，即東晉劉惔，與大司馬桓温友善，出言無忌。杜少陵，即杜甫，曾醉罵嚴武，而武不以爲忤。云。會得白鹿，屬文長作表。表上，永陵永陵，即明世宗朱厚熜，年號嘉靖，死葬永陵，故名。喜。公以是益奇之，一切疏記，皆出其手。

文長自負才略，好奇計，談兵多中，視一世士無可當意者，然竟不偶。文長既已不得志於有司，遂乃放浪麯糵，恣情山水，走齊、魯、燕、趙之地，窮覽朔漠。其所見山奔海立，沙起雲行，風鳴樹偃，幽谷大都，人物魚鳥，一切可驚可愕之狀，一一皆達之於詩。其胸中又有勃然不可磨滅之氣，英雄失路、托足無門之悲，故其爲詩，如嗔如笑，如水鳴峽，如種出土，如寡婦之夜哭、《禮記・坊記》：『寡婦不夜哭。』以其過於悲慘，擾動鄰人也。羈人之寒起。雖其體格時有卑者，然匠心獨出，有王者氣，非彼巾幗而事人者所敢望也。文有卓識，氣沉而法嚴，不以模擬損才，不以議論傷格，韓、曾之流亞韓、曾之流亞，指徐文長的文字跟韓愈、曾鞏相同。流亞，同一類的人或物。也。文長既雅不與時調合，當時所謂騷壇主盟者，文長皆叱而奴之，故其名不出於越，悲夫！喜作書，筆意奔放如其詩，蒼勁中姿媚躍出，歐陽公所謂『妖韶女老自有餘態』語出歐陽修《水谷夜行寄子美聖俞》詩：『有如妖韶女，老自有餘態。』妖韶，妖嬈美好。韶，一本作『嬈』。者也。間以其餘，旁溢爲花鳥，皆超逸有致。卒以疑殺其繼室，下獄論死。張太史元汴張太史元汴，字子藎，別號陽和，其先蜀（今四川）人，徙家山陰（今浙江紹興）。明隆慶五年（一五七七）狀元，授翰林院修撰。善屬文，工書。力解，乃得出。

晚年憤益深，佯狂益甚，顯者至門，或拒不納。時攜錢至酒肆，呼下隸與飲。或自持斧擊破其頭，血流被面，頭骨皆折，揉之有聲。或以利錐錐其兩耳，深入寸餘，竟不得死。周望言晚歲詩文益奇，無刻本，集藏於家。余同年有官越者，托以抄録，今未至。余所見者，《徐文長集》《闕編》二種而已。然文長竟以不得志於時，抱憤而卒。

石公曰先生數奇不已，遂爲狂疾。狂疾不已，遂爲囹圄。古今文人牢騷困苦，未有若先生者也。雖然，胡公間世豪傑，永陵英主，幕中禮數異等，是胡公知有先生矣；表上，人主悅，是人主知有先生矣，獨身未貴耳。先生詩文崛起，一掃近代蕪穢之習，百世而下，自有定論，胡爲不遇哉？梅客生嘗寄余書曰：『文長吾老友，病奇於人，人奇於詩。』余謂文長無之而不奇者也。無之而不奇，斯無之而不奇也。悲夫！

去吴七牍（選二）

乞歸稿一

職職，作者在長官面前的自稱。以壬辰三月登第，未兩月内請告還鄉。以甲午之十二月謁選，甲午，萬曆二十二年。謁選，官吏赴吏部應選。授吴縣知縣。待罪一年有餘，職之罪狀殆不可枚舉。然職一念自守之心，未嘗不晝日自矢，晝日，指著太陽。自矢，即自誓，立志不移。而士民亦幸相安無事。天高地厚，職何敢一日忘朝廷養士之恩？然職之私衷，有萬分不得已者。職未離襁褓，母龔氏有疾，即託命于庶寡祖母詹氏。鞠育顧復，鞠育顧復，《詩·小雅·蓼莪》：『父兮生我，母兮鞠我。拊我畜我，長我育我，顧我復我，出入腹我。』後以指父母之養育。愛類親生。甫四歲而母即世，即世，去世。職復多病，驚悸萬狀。祖母詹憂危甚，每一病作，呼天號地，殆不欲生，毛髮外焦，骨髓内竭。職幾死而復生，祖母詹亦幾死而復生，相依相靠，有如形影。壬辰之夏，職選期將及，比時祖母詹健無恙也。然職一念及，不覺心動，函請告歸，承歡二載有餘。慈逾河海，孝比涓塵，自謂一丘一壑，若將終焉。而職之父謂職年方壯，勉令就職。心同窮猿之木，官比沐猴之冠，進退維谷，實可哀憐。然初意亦謂河南、江西近地，去家不遠，可迎養耳。不意走姑蘇三千里外，有若隔天。老病龍鍾，子女俱無，暮景淒涼，傷如之何！前二月内，有家僮袁東自家中來，云祖母詹尫羸尫羸，亦作『尩羸』，身體虛弱的樣子。逾昔，日夜悲號不休，兩眼盡腫，臨行泣謂使者曰：『身今年八十有一矣，存亡只在旦夕。我死能見爾主，縱到九泉不閉目也。』職聞此言，一痛幾絶，妻孥皆號失聲。因思區區浮名，何益人毛髮事，而使七八十老人有向隅之泣，其若良心何？假令萬一抱終天之恨，亦何顏更立於人世？天地有靈，必當誅之。

職以此鬱結成疾，千思萬想，惟有乞休歸田一節，可以慰此朝夕懸望之情而已耳。職非不知朝廷作養之恩，與嚴親教育之義，然職才識迂疏，終是林莽中物，責以民社，（責以民社，意爲以人民社稷之事委任於自己。）原非其任。而嚴親以兄官史局，得封翰林院編修，已霑一命之榮，職亦可藉手報，無他冀望。獨祖母詹所倚靠者惟職，職一日不回，則一日不樂；一日不樂，則病一日不痊。職何難去此官，以救此垂危之性命哉？徐庶有言：『方寸亂矣。』今職方寸亂已甚矣，況復氣結不伸，積漸成病，神思恍惚，恨不即死。吳中煩劇之地，可使一日居乎其位哉？伏乞台臺（台臺，對長官的尊稱。前一台字爲尊稱，後一臺字爲官名。）憐職祖母垂白之餘生，更察職不容已之至情，俯賜題請，俾得照例休致。仍將印務另委賢能官一員署掌。先示以離任之期，使職得早還鄉里，雖死之日，猶生之年。職無任感激之至。

乞改稿二

職自八月十三日病瘧來，經今五月。前此乞恩改授，蒙台臺誨諭真切，職即蟲鳥，蟲鳥，指蛇和鳥。敢不聽命？嗣是灰心一念，百計攝養，延至十月初二三日，始得小差。職思縣務荒廢，久卧非體，於初十日勉出後堂，料理積牘。披褐龍鍾，坐不移晷，寒澌澌，解凍時河中流動的冰塊，形容冷。即作。勉强少時，便覺火起臍上，騰騰如縷，痰嗽轉盛，參曹鈐下，鈐下，管轄之下，部下。見者無不悽惶。未出一語，未僉僉，同「簽」。一案，又已左扶右擁，推入衙室矣。此皆大衆所目睹，僚佐所共見，可質而問者，職寧敢謊一字耶？然職猶謂暫出未慣，久當自習。不料於本月二十一日同徐縣丞、詹主簿至後堂盤庫，籌算移時，體遂不支。職即令封銀入筒，才入私衙，寒熱大作，鼻血流不止，小愈之人，至此又奄奄一榻矣。職自念氣體之弱如此，又且會計漕兑會計，徵收田賦數目，漕兑，解送糧兑軍運。在即，一握微軀，百事紛厖，如何可當？有死而已。縱使藥餌可扶，劇縣非調病之所。倘令優遊塞責，曠官曠官，空居官位。指不稱職。將誰罪之歸？台臺不爲職慮，獨不爲千萬生靈慮乎？詭莫詭于會計，去歲職研精三月，始成一比一比，周代地方的基層組織，五家爲一比。簿；今欲使職持籌而算，不能矣。急莫急於國課，去年職開徵之始，晝夜焦蒿，吞風飲雨，僅得免於參罰；今欲使職冒霜雪而撻黎庶，不能矣。此兩者欲責職以必辦，則職雖粉骨不能辦；如任職優遊，則朝廷設官謂何？台臺所以責職者謂何？究也縣事隤裂，隤裂，崩頹壞裂，形容公務一塌糊塗的樣子。狐社狐社，即城狐社鼠，比喻小人趁機作惡。百端，聲名既壞，參罰隨之，亦終於去而已矣。夫京官病三月即請告，此例也。今職病五月，又外官也。職若一毫欺罔，則醫生可勘問，隸卒可提審，倘有纖毫不實，乞台臺明賜參糾，以爲人臣而懷私退託者之戒。前鎮江府吴推官亦疑職僞疾，親至榻前，見職羸弱不堪之狀，不覺潸然淚下，乃曰：『不意爾一强壯人，委敝至此。當加意調理，可出則出，當歸則歸，性命不可兒戲，無持兩端也。』與言若此，則職狼狽之狀可知矣。伏乞台臺憫吴閶縣之生民，續職垂絶之殘命，念漕計無緩須臾，早批署員；哀野狐死當首丘，亟賜題奏。若得乞臺恩俯容改教，則自兹以後，未死之身，皆台臺之賜。倘謂再容調理，則世未有縣官可以大半年寢疾者。職寧抱頭逃遁，爲褫職之廢民，不願悴死他鄉，作無依之餒鬼也。職之肺肝，至此吐盡矣。職無任眼穿心死之至。

雜著

歲時紀異

余偶閱舊志，見范、王二公范、王二公，即宋代范成大（曾修《吳郡志》五十卷）和明代王鏊（曾與林世遠合修《姑蘇志》六十卷）。書吳中歲時，未嘗不歎俗之侈靡，日漸而月盛也。《范志》云：吳中自昔號繁盛，郊無曠土，隨高下悉爲田。以故俗多奢少儉，競節好遊。上元以糖圓春糕糖圓，即湯圓。爲節食，爆糯穀於釜中，名孛婁，亦曰米花，以卜一歲休咎。寒食則拜掃墳墓。四月八日，浮屠浴佛。浮屠浴佛，即浴佛節。佛教徒以每年農曆四月初八爲佛誕日。重午重午，五月五日，即端午節。重午即重五，古時五、午通用。以角黍、水圓、彩索、艾花、角黍，即粽子。以箬葉或蘆葦葉等裹米蒸煮使熟。狀如三角，古用黏黍，故稱。畫扇相餉。餉，贈送。七夕有乞巧乞巧，舊俗農曆七月七日夜（或七月六日夜），穿著新衣的少女們在庭院向織女星乞求智巧，稱爲『乞巧』。會。重九以菊花、茱萸茱萸，又名『越椒』『艾子』，是一種常綠帶香的植物，具備殺蟲消毒、逐寒祛風的功能。古人在九月九日重陽節時爬山登高，臂上佩帶插著茱萸的布袋，以示對親朋好友的懷念。嘗新酒，食花糕。花糕，即桂花糕、重陽糕。因糕與高諧音，故以喫糕代替登高。十月朔朔，初一。古代以十月初一與清明節及七月十五中元節并稱三大鬼節。因當日要用紙做成衣服，到墳前燒掉，故又稱祭祖節、送寒衣節。再謁墓，是日開爐，自此日起御爐設火，至明年二月朔止，故十月朔又名開爐節。不問寒燠，皆熾炭。俗重冬至，而略歲節。二十四日祭灶，祭灶，祭祀灶神的節日。傳農曆臘月二十三（一說二十四）是灶王爺回天庭禀告一家功過的日子，故當日朝野都舉行隆重的送灶神上天儀式，稱爲祭灶或送灶。祭祀灶神，古代五祀之一。次夕田間燃高炬，名照田蠶。照田蠶，又名『燒田蠶』『燒田財』，是流行於江南一帶的民間祈年習俗。歲節祭饗用除夜，祭畢則復爆竹，焚蒼朮蒼朮，一種中藥材，爲菊科植物茅蒼朮、北蒼朮和關蒼朮的根莖。俗信能辟瘟祛濕，助陽氣上升。

及辟瘟舟，食物有膠牙餳，膠牙餳，即麥芽糖，一種用麥芽或穀芽混同其他米類原料熬制而成的黏性軟糖。守歲盤，守歲盤，除夕守歲時裝小喫的盤子，形似元旦的五辛盤，放各種喫食，主要是糕點、糖果、蜜餞、乾果、瓜子等。夜分祭瘟神，祭瘟神，宋元時代，元旦日四鼓時各家都要祭祀瘟神，以保一年之平安。易門神桃符之屬。此范書宋事也。

《王志》云：吴中最重節物。迎春日啖春餅春糕。正月上元作燈市，采松葉結棚於通衢，下綴華燈，燈有楮練、羅帛、琉璃、魚魫、麥絲、竹縷諸品，楮練，用楮樹皮製成的紙。羅帛，絲綢。魚魫，魚的頭骨，可做裝飾品。麥絲，麥稈。竹縷，竹條。以上均爲製作花燈的材料。皆彩繪人物故事，或爲花果蟲魚之像。其懸紙人馬於中，以火運之，曰走馬燈。藏謎者，曰壁燈。其夕會飲，以米粉作丸子、油䭔油䭔，即炸元宵。食之，行遊五日而罷。二月始和，樓船載簫管遊山，其虎丘、天平、觀音、上方諸山最盛。寒食戴麥掃墓，寒食節，亦稱『禁煙節』『冷節』『百五節』，在夏曆冬至後一百零五日，清明節前一二日。是日初爲節時，禁煙火，祇吃冷食。傳爲紀念春秋時代晉文公之忠臣介之推而設。清明插柳，端午鑲角黍，作雄黃昌陽昌陽，即菖蒲。舊俗端午飲菖蒲酒辟邪。飲，簪艾葉榴花以辟邪。七月七日爲乞巧會，飣果皆曰巧。重九飲菊酒，食重陽糕及駱駝蹄。駱駝蹄，古代美食。古有名肴駝蹄羹，傳爲陳思王所創。十月朔再謁墓，謂之燒衣節。尤重冬至，三日罷市，馳賀一如元旦。入臘，併力春一歲糧，藏之稟囤，經歲不蛀，呼爲冬春。米微黃，曰囤心黃。十二月二十四日，祀灶，竟夕爆竹，各燃火爐於門外，焰高者喜，謂之粈盆。粈盆，又名庭燎、燒火盆、燒松盆。舊俗歲時送神或祠祭、燕設，燃火於門外以祀神，兼取旺盛之相，謂之粈盆。田間燃長炬，名照田蠶。二十七日掃屋塵，曰除殘。除夜更春帖，畫灰於道，象弓矢以射祟。此王書近代事也。

余觀二公所志，皆歲時常態。吴俗最重六月廿四日荷花蕩，中秋日虎丘，而皆不書，何也？虎丘諸山之遊，《王志》亦略載之，然在今則尺雪層冰，疾風苦雨，遊者不絕，何必二月始和哉？夫俗奢必蕩，蕩則窮；民泰必驕，驕則僭。民窮而僭，亂從生焉。司世道者不能無隱憂矣。

園亭紀略

吴中園亭，舊日知名者，有錢氏南園，錢氏南園，江南錢氏所建。始建於唐末，在子城西南。五代時，北方擾攘，江南相對太平。錢氏三代治吴，興建了大量府宅、園林。規模較大的有『南園』和『孫承祐池館』。園在宋初逐漸荒蕪，後來其地又大半改爲他用，到宋室南渡時，基本爲兵燹所毁。蘇子美滄浪亭，蘇子美滄浪亭，始爲五代時吴越國廣陵王錢元璙近戚中吴軍節度使孫承祐的池館。宋代著名詩人蘇舜欽（字子美）以四萬貫錢買下廢園，進行修築，傍水造亭，因感於『滄浪之水清兮，可以濯吾纓；滄浪之水濁兮，可以濯吾足』，題名『滄浪亭』，自號滄浪翁，并作《滄浪亭記》。朱長文樂圃，朱長文樂圃，朱長文所建隱逸之所。范成大石湖舊隱，石湖舊隱，即石湖精舍。南宋末著名田園詩人范成大歸隱石湖養老，自號石湖老人。築石湖别墅，名石湖精舍。今皆荒廢。所謂崇岡清池，幽巒翠篠，篠，細竹。者，已爲牧兒樵豎斬草拾礫之場矣。近日城中，唯葑門内徐參議園最盛，畫壁攢青，飛流界練，飛流界練，化用徐凝詠瀑布詩：『千古長如白練飛，一條界破青山色。』水行石中，人穿洞底，巧逾生成，幻若鬼工，千溪萬壑，遊者幾迷出入，殆與王元美小祇園王元美小祇園，又稱『小祇林』，爲王世貞的弇山園較早修築的一部分。爭勝。祇園軒豁爽塏，軒豁爽塏，高大開闊，明亮乾燥。一花一石，俱有林下風味。徐園微傷巧麗耳。王文恪園王文恪園，明代大學士王鏊告老回到蘇州後所建怡老園。在閶胥兩門之間，旁枕夏駕湖，夏駕湖，春秋時代吴王壽夢所建的避暑行宫，其奢華在當時列國諸侯中極有名。到宋朝，湖已基本不存，僅在西城根下留有一部分，與外壕相連，當地百姓在其中植栽菱荷，其菱味甜美，稱『夏駕湖菱』。水石亦美，稍有傾圮處，葺之則佳。徐冏卿園在閶門外下塘，宏麗軒舉，前樓後廳，皆可醉客。石屏爲周生時臣所堆，高三丈，闊可二十丈，玲瓏峭削，如一幅山水横披畫，了無斷續痕跡，真妙手也。

堂側有土壟甚高，多古木，壟上太湖石一座，名瑞雲峰，高三丈餘，妍巧甲於江南。相傳爲朱勔朱勔，北宋六賊之一。蘇州人。其父朱沖諂事蔡京、童貫，後父子俱得官。宋徽宗垂意於奇花異石，朱勔奉迎上意，搜求浙中珍奇花石進獻，并逐年增加。政和年間，在蘇州設置應奉局，靡費官錢，百計求索，勒取花石，用船從淮河、汴河運入京城，號稱『花石綱』。所鑿，纔移舟中，石盤忽沉湖底，覓之不得，遂未果行。後爲烏程董氏構去，載至中流，船亦覆没。董氏乃破貲募善没者取之，須臾忽得其盤，石亦浮水而出，今遂爲徐氏有。范長白又爲余言，此石每夜有光燭空，然則石亦神物矣哉。拙政園拙政園，在今蘇州市。初爲晚唐詩人陸龜蒙宅，元代爲大宏寺，明正德四年（一五〇九），弘治進士、嘉靖年間御史王獻臣仕途失意歸隱蘇州後將其買下，聘著名畫家、吴門畫派的代表人物文徵明參與設計藍圖，歷時十六年建成。後因其子賭博輸給徐氏。其名取自西晉文人潘岳《閒居賦》中『是亦拙者之爲政也』一句。在齊門内，余未及觀。陶周望甚稱之，喬木茂林，澄川翠幹，周回里許，方諸名園，爲最古矣。

編後記

袁宏道，字中郎，一字無學，號石公，又號六休，生於明朝隆慶二年（一五六八），卒於萬曆三十八年（一六一〇）。袁宏道與兄宗道、弟中道並有才名，因為他們是荊州公安人，後世遂稱其文學流派為『公安派』。公安三袁在明代有不少追隨者，而以中郎成就最高。袁中郎的文章在清代受到文壇的貶低和政府的查禁，又在二十世紀三十年代小品文大潮中重新進入人們的視野，掀起一股『袁中郎熱』，成為林語堂提倡的小品文和閒適文學的一面招牌。

袁宏道提出作詩要『信心而出，信口而談』，在明代前後七子的『文必秦漢，詩必盛唐』的復古大潮中獨樹一幟，得到像李贄、湯顯祖等重要作家的推重，活躍了明代文壇的空氣，在文學史和文化史上有著重要的意義。《敘小修詩》有云：『大都獨抒性靈，不拘格套，非從自己胸臆流出，不肯下筆。有時情與境會，頃刻千言，如水東注，令人奪魄。』這句話幾乎成為明代『性靈派』文學理論的宣言。

這種文學觀念在他的遊記和尺牘中也有鮮明的體現。袁中郎享年只有四十三歲，從萬曆二十年（一五九二）中進士到逝世，不過十九年時間，先後任吳縣縣令、順天府教授、國子監助教、禮部主事、吏部驗封司郎中等小官，均時間不長就辭官或告假回鄉，總共不過五六年時光，其間他幾次遍遊南北名勝，留下了大量遊山玩水的遊記。袁宏道在吳縣做知縣時寫過一篇《陰澄湖》，忙中偷閒的快樂至今可以令讀者感同身受：『放舟湖心，披襟解帶，涼風颯然而至，西望山色，出城頭如髻。揮麈高談，不知身之為吏也。』不久他終於得以辭官雲遊，在山水、詩文中找到了心靈的歸宿。在《蘭亭》中他直抒胸臆，表達對俗儒的不滿：『蘭亭殊寂寞。蓋古蘭亭依山依澗，澗彎環詰曲，流觴之地莫妙於此。今乃擇平地砌小渠為之，俗儒之不解事如此哉。』這種附庸風雅而實為出醜的事情在現實生活中比比皆是，今天的讀者讀來仍可發出會心一笑。

袁宏道的生命很短暫，做官時間也不長，但是他的一生愛恨分明，過得很是愉快，其弟袁中道在《中郎先生行狀》中總結說：『居官十九年，不置升合田。生平不見人過，有過輒為掩蓋。門客有負之者，卒亦善遇之。好山水，喜譚謔。不能酒，最愛人飲酒。意興無日不暢適，未見其一刻皺眉蹙目。居柳浪六年，睡或高歌而醒。好修治小室，排當極有方略。』這種真性情的人生別說在當時的官場，即使在文人中也是少見的，可以說袁宏道把獨善其身、清高孤傲、自得其樂的文人傳統風格發揮得淋漓盡致。

《袁中郎隨筆》作為故宮出版社『明清美文十種』系列中的一種，主要選取遊記、尺牘，以及有代表性的敘傳、雜著等作品，力圖比較全面地呈現袁宏道美文的面貌。本書以明代崇禎二年武林佩蘭居刊四十卷《新刻鍾伯敬增訂袁中郎全集》為底本，參校其他各本，仍以分體合編的形式，分為遊記、尺牘、敘、傳、雜著等部分。個別異體字參照原書，予以保留。為給讀者提供比較豐富的時代及語境資訊，方便閱讀理解，本書依據方志、筆記、史書等資料酌加注釋。

依據『明清美文十種』編輯體例，書中留白處擇取花鳥畫加以點綴，營造詩意的閱讀空間和氛圍。

本書涉及知識面較廣，參考眾多典籍，編輯過程中由於識力有限，疏漏之處在所難免，敬請方家指正。

徐海　五度　二〇一九年十一月

图书在版编目（CIP）数据

袁中郎随笔 /（明）袁宏道著；段雪萌注. —北京：故宫出版社，2019.11
（明清美文十种）
ISBN 978-7-5134-1262-9

Ⅰ. ①袁… Ⅱ. ①袁… ②段… Ⅲ. ①古典散文—散文集—中国—明代 Ⅳ. ①I264.8

中国版本图书馆CIP数据核字(2019)第246232号

袁中郎随笔
【明】袁宏道 著 段雪萌 注

出 版 人：王亚民
责任编辑：徐 海
特约编辑：五 度
装帧设计：李 猛
出版发行：故宫出版社
地址：北京市东城区景山前街4号 邮编：100009
电话：010-85007808 010-85007816 传真：010-65129479
邮箱：ggcb@culturefc.cn
制 版：北京印艺启航文化发展有限公司
印 刷：北京启航东方印刷有限公司
开 本：787毫米×1092毫米 1/16
印 张：15.5
字 数：200千字
版 次：2019年11月第1版
2019年11月第1次印刷
印 数：1~5,000册
书 号：ISBN 978-7-5134-1262-9
定 价：66.00元